Michael Köhlmeier

Frankie

»Ein schmales Meisterwerk. Der Autor setzt Ton, Tempo und Thema mit einer atemberaubenden Souveränität. Wie man erwachsen wird, (…) wird hier mit allen Finessen der Erzählkunst ausgebreitet.« Martin Oehlen, *Frankfurter Rundschau*

»Eine einfühlsame Erzählung über Vorbilder, ein gestohlenes Auto und darüber, wie schnell man als Heranwachsender ins Schleudern kommen kann.« Sandra Ölz, *ORF*

»Ein Familienroman mit Thriller-Elementen und grotesken Roadmovie-Szenen. Eine perfekt erzählte Geschichte über die Frage nach Verantwortung und Schuld.« Carsten Otte, *SWR*

»Köhlmeier hat ein gutes Gespür für die Gefühlslagen seines Helden, der einem rasch ans Herz wächst.« Jörg Magenau, *rbb Kultur*

»Eine Jugendgeschichte mit enigmatischem Helden, im selben Moment abstoßend und faszinierend.« Wolfgang Paterno, *Profil*

Michael Köhlmeier, 1949 in Hard am Bodensee geboren, lebt in Hohenems/Vorarlberg und Wien. Er schreibt Romane, Erzählungen, Hörspiele und Lieder. Sein Werk wurde vielfach ausgezeichnet, u. a. mit dem Johann-Peter-Hebel-Preis, dem Manès-Sperber-Preis, dem Österreichischen Ehrenkreuz für Wissenschaft und Kunst I. Klasse, dem Marie-Luise-Kaschnitz-Preis und dem Ferdinand Berger-Preis für sein politisches Engagement.

Michael Köhlmeier

Frankie

Roman

dtv

Von Michael Köhlmeier ist bei dtv außerdem lieferbar:

Abendland

Die Musterschüler

Idylle mit ertrinkendem Hund

Madalyn

Spielplatz der Helden

Die Abenteuer des Joel Spazierer

Zwei Herren am Strand

Das Sonntagskind

Erwarten Sie nicht, dass ich mich dumm stelle

Der Mann, der Verlorenes wiederfindet

Wer hat dir gesagt, dass du nackt bist, Adam?

Bruder und Schwester Lenobel

Wenn ich wir sage

Matou

FSC www.fsc.org
MIX
Papier | Fördert gute Waldnutzung
FSC® C019821

2024 dtv Verlagsgesellschaft mbH & Co. KG, München
Lizenzausgabe mit Genehmigung der
Carl Hanser Verlag GmbH & Co. KG, München

Umschlaggestaltung: dtv nach einem Entwurf von
Peter-Andreas Hassiepen, München
Umschlagmotiv: mauritius images / Rupert Oberhäuser
Satz: Greiner & Reichel, Köln
Druck und Bindung: Druckerei C.H.Beck, Nördlingen
Printed in Germany · ISBN 978-3-423-14901-3

Frankie

Eins

1

Am Dienstag haben sie Opa entlassen. Er ist jetzt einundsiebzig. Mama wollte, dass ich mitgehe, ihn abholen. Wir sind erst im Zug bis Krems gefahren und dann weiter zu Fuß, aber ich habe es mir nach einer Weile anders überlegt und mich auf die Bank hinter der Fußgängerbrücke gesetzt. Mama hat gesagt: »Was jetzt?« Ich habe gesagt: »Ich warte hier.«

Opa ist achtzehn Jahre gesessen, er ist frühzeitig herausgekommen. Wie viel er im Ganzen gekriegt hat, weiß ich nicht. Mama sagt, es fällt ihr auch nicht mehr ein. Was ich ihr aber nicht glaube.

Nicht dass ich ihn nicht kenne. Ich war ja ein paarmal dabei gewesen, wenn Mama ihn besucht hat. Aber da war ich noch klein. Seit ich selber entscheiden kann, war ich nicht mehr dabei. Ich bin jetzt vierzehn. Noch nicht ganz. Wegen dem knappen Monat, der noch fehlt, glaube ich, kann ich doch sagen, ich bin vierzehn. Das heißt, er ist vier Jahre vor meiner Geburt ins Gefängnis gekommen. Er war also immer da. Ich weiß nicht, was er getan hat. Ich denke, ich werde es herauskriegen. Irgendwann. Jetzt habe ich noch ein bisschen Angst davor. Angst eigentlich nicht, eher ist mir nicht wohl dabei. Ich weiß nur, vorher ist er auch schon gesessen. Aber nicht so lange am Stück. Dafür nicht nur einmal. Immer wieder habe ich Mama gefragt, da war ich noch ziemlich grün und habe mir nichts

Richtiges unter der Frage vorstellen können, und wenn sie gesagt hat, er sitzt, dachte ich, er sitzt wirklich, und zwar die ganze Zeit. In einer Küche oder so. Auf einem Stuhl oder auf einer Bank. Irgendwann habe ich nicht mehr gefragt.

Ich wartete fast eine Stunde, und dann habe ich gesehen, wie sie daherkamen. Er einen Koffer unter dem Arm. Nicht am Griff, sondern unter dem Arm, über dem Koffer die Jacke, die Hemdsärmel hochgekrempelt, alles hell. So groß und dünn hatte ich ihn nicht in Erinnerung. Ich habe ihn bisher nur sitzen sehen. Das war jetzt ein unfreiwilliger Witz. Aber ich lass ihn stehen. Mama ist eher klein. Es sah aus, als ob sie schnell geht und er langsam, aber sie gingen beide gleich schnell. Er wirkte überhaupt nicht gebrechlich. Mama hat nämlich befürchtet, das könnte er inzwischen sein.

Ich habe mich nicht gerührt. Er blieb vor mir stehen, legte sein Gewicht auf das rechte Bein, das linke spreizte er ab, stand schief, wie ich noch nie einen schief stehen gesehen habe, als würde er sich gegen den Wind lehnen, dabei hat sich kein Blatt geregt, wie ein langer, dünner Hampelmann, der noch an Fäden hängt, unten aber schon am Boden aufsteht, eben schief. Er hat mich angeschaut und gesagt:

»Du bist Frank, ha! Frankie. Frankie Boy, ha! Little Frankie Boy.«

Spinnt er? Ich habe nicht einmal genickt. Was hat er davon, viermal meinen Namen vor sich hin zu sagen. Wie eine Formel. Dreimal verkleinert, wie ich es nicht will. Hinter der Bank wuchs ein Holunderbaum, der war voll Beeren, die fallen herunter, wenn sie reif sind, und fallen auf die Bank. Genau mitten in den schwarzblauen Beerenmatsch setzte er sich. Mit seinen hellen Hosen. Mama hat die Hände vors Gesicht gerissen, aber nichts gesagt.

Zu ihr sagte er: »Geh du, wir kommen nach!«

Sie sagte, und ich mochte nicht, wie ihre Stimme war: »Soll ich am Bahnhof warten?«

»Das tust du, ja!«, sagte er.

»Dann warte ich am Bahnhof auf euch«, sagte sie, noch schlimmer die Stimme.

»Das hast du schon einmal gesagt!«, sagte er.

Wie sie von uns wegging, kam mir vor, dass sie einen ganz normal schnellen Schritt hatte. Von hinten sah sie wie ein Mädchen aus, so sieht sie immer aus und wird noch in zwanzig Jahren so aussehen. In ihren weißen Stiefeln, die mit Gold verziert sind, aber elegant, kein Pseudo-Cowboy-Kitsch. Sie hat gern Röcke, die beim Gehen schwingen, und sie schlenkert lustig mit den Armen und hält den Kopf hoch. Den Menschen gefällt das. Zu uns umgedreht hat sie sich nicht. Wir saßen da und haben ihr nachgeschaut. Für Opa war die Bank zu niedrig, die Knie ragten ihm nach oben, als ob er auf einem Kinderstuhl sitzen würde, mit den Händen hat er sich rechts und links an der Bank festgehalten. Der Koffer am Boden zwischen den Füßen.

Ich wusste nicht, was ich sagen sollte. Zum Glück hat er gefragt. Antworten ist immer leichter. Finde ich. Meistens.

»Was bist du für einer?«, fragte er.

Darauf allerdings kann niemand antworten. Denn was soll man darauf antworten? Sogar wenn man erst vierzehn ist, wäre die Liste zu lang.

Darum sagte ich: »Ich weiß nicht, was du meinst, Opa.«

»Ich glaube, ich kann es nicht leiden, wenn du Opa zu mir sagst«, sagte er.

»Weil wir verwandt sind, uns aber nicht kennen?«, fragte ich.

Ich sah ihn an, zum ersten Mal, und er mich auch. Mitten in unsere Gesichter hinein schauten wir, das meine ich. »Ein Schlauer, ha?«, sagte er.

Seines war sehr blass, die Haut an den Wangen glatt, als hätte er sich grad eben erst rasiert. Er roch auch nach Seife. Lange steile spiegelnde Wangen hatte er, wie aus Stein. Auf der Stirn schwitzte er, und neben den Augen war alles voll Falten. Auffällig waren seine blauen Augen. Mama und ich haben braune. Woher er wohl die blauen hat, dachte ich. Vielleicht kriegt man ja blaue, wenn man lange eingesperrt ist. Wegen dem dauernden elektrischen Licht. Die Lider hingen ziemlich tief über den Augen, das kommt vielleicht auch vom dauernden elektrischen Licht. Ich muss zugeben, dieser Blick kam mir gefährlich vor, weil hinterhältig. Also, dass es ein Zeichen eines gefährlichen Mannes ist. Dabei braucht der da so ein Zeichen gar nicht. Wenn einer achtzehn Jahre eingesperrt wird, dann ist er gefährlich, auch wenn nichts an ihm gefährlich aussieht.

»Wie soll ich zu dir sagen?«, fragte ich.

Er gab keine Antwort.

»Wenn ich schon nicht Opa sagen soll.«

Wieder nichts.

»Du hast dich genau auf den Holler gesetzt«, sagte ich nach einer Weile.

Er nickte nur.

Ich wusste ja nicht, warum wir hier sitzen und Mama vorausgehen sollte. Was er von mir will. Er streckte die Beine von sich und lehnte sich zurück. Er genießt jetzt die Freiheit, dachte ich und überlegte, ob ich nun fragen sollte, warum er so lang im Gefängnis gewesen war. Irgendwann würde ich ihn fragen, warum also nicht gleich.

Da sagte er: »Und frag mich nicht, warum ich gesessen habe.«

»Tu ich eh nicht«, sagte ich.

»Und gleich auch nicht, wie es dort war.«

»Tu ich eh nicht«, sagte ich.

»Und was fragst du sonst noch?«

»Gar nichts.«

»Kannst du Schach?«

»Eher nicht.«

»Man kann es, oder man kann es nicht. ›Eher nicht‹ kann man es nicht. Also was!«

»Nicht«, sagte ich.

»Würdest du es irgendwie gut finden, wenn du es könntest?«

»Ich glaube schon«, sagte ich. Aber nur, weil ich nicht wollte, dass er mich für bockig hält, sagte ich das. Ich dachte nämlich: Wer diesem Mann widerspricht, den betrachtet er gleich einmal als seinen Feind.

Er holte aus dem Koffer ein Schachbrett. Das war in der Mitte zusammengeklappt zu einem Kistchen, außen herum ein Einweckgummi. Darin befanden sich die Figuren. Wenn ich so ein Schlauer sei, sagte er, dann werde ich mir in einer Viertelstunde merken, wie die Figuren heißen und wie sie sich auf dem Brett bewegen dürfen und wie viele Felder es gibt und wer wie wen schlägt. Für die erste Lektion genüge das. Er rutschte ein Stück zur Seite, dorthin, wo noch mehr Beeren auf der Bank lagen, und stellte das Schachbrett und die Figuren zwischen uns auf. Derweil Mama beim Bahnhof wartete.

2

So war das gewesen am Dienstag, als wir ihn beim Gefängnis abgeholt hatten. Heute ist Samstag. Heute Morgen haben wir ihn zu seiner neuen Wohnung begleitet. Er hat sich den Wecker gestellt, hat ihn aber nicht gehört, wir mussten ihn wecken. Auch der Kaffeegeruch konnte ihn nicht wach kriegen, mich kriegt der immer wach, sogar durch die geschlossene Tür hindurch, und ich mag das sehr. Wenn ich einmal so alt bin wie er, werde ich mich immer noch an diesen Geruch erinnern, hoffentlich wird er dann nicht anders sein.

Mama hat sich nicht getraut, ihn anzufassen, sie hat nur geflüstert: »Es ist halb sieben, Papa, wach auf, es ist halb sieben!« Sie hat sich nicht einmal getraut, laut zu sprechen.

Ich habe ihn an der Schulter gerüttelt. Und war dabei grob. Wenn man grob sein muss, ist man gern grob. Würde er sich beschweren, könnte ich sagen, es sei zu seinem Besten. Zuerst wusste er nicht, wo er ist. Er sah hilflos und ungefährlich aus. Um neun Uhr warte ein Mann auf ihn bei seiner zukünftigen Wohnung. Der Mann müsse ihm vorher etwas sagen und ihm dann die Schlüssel übergeben. So hatte es beim Abschied aus dem Gefängnis geheißen. Der Beamte im Gefängnis hatte nur mit Mama gesprochen, nicht mit Opa, das hat sie mir später erzählt. Als ob Opa ein Kind wäre und das Gefängnis ein Kindergarten und Mama seine Mutter und nicht seine Tochter.

Zum Frühstück rauchte er nur zwei Zigaretten und trank einen schwarzen Kaffee mit Zucker. Hat kein Wort geredet. Wir hätten mit der U-Bahn fahren und eine Stunde länger schlafen können, jeder vernünftige Mensch hätte das getan, das wollte er nicht. Hat er schon am Abend gesagt. Er wolle zu Fuß gehen. Also hatschten wir eine Stunde, quer durch die ganze Stadt, wieder kein Wort, und kamen gerade noch rechtzeitig an, der Mann hat bereits gewartet, aber erst zehn Minuten, das gehe gerade noch, sagte er, aber in Zukunft werde er das vermerken müssen. Der Mann war viel jünger als Opa und am Hals tätowiert, bis hinter das Ohr hinauf ins Haar, auch jünger als Mama war er und redete mit Opa wie mit einem Lausbub. Außerdem sei es ein Entgegenkommen, dass er ihn am Samstag treffe, eigentlich habe er heute frei. Für Mama und mich hatte er nicht einmal einen Blick, wir waren gar nicht da für ihn.

Die zukünftige Wohnung ist Opa gestellt worden. Vom Staat oder von der Stadt Wien oder von der Caritas. Das weiß ich nicht genau. Oder von jemand anderem. Interessiert mich auch nicht. Ich werde so etwas nie nötig haben. Dass er bei uns wohnt, ich meine, für immer, das geht auf jeden Fall nicht. Das wurde nämlich angefragt, schriftlich, bevor man ihn rausgelassen hat. Wir haben zwei Zimmer und die Küche, in der ein Kanapee steht, eine große, gemütliche Küche. Auf dem Kanapee hat Opa seit dem Dienstag geschlafen, über zehn Stunden jede Nacht übrigens, ich habe in meinem Zimmer zu Mittag gegessen, damit ich ihn nicht störe, kalt, was mir Mama am Abend vorgekocht hat und was ich am Herd nur hätte aufwärmen müssen, das traute ich mich aber nicht, weil er danebengelegen hat. Auf die Dauer geht das nicht. Das hat er selber gesagt. Das hat er schon im Gefängnis zu den Leuten gesagt, die sich um ihn kümmern wollten, wenn er draußen ist. Er könne seiner Tochter nicht Schwierigkeiten machen, hatte er gesagt. Wahrscheinlich haben sie das eingesehen. Mama erzählte mir, das hat sie mir erzählt, als Opa noch im Gefängnis war, dass gewisse Leute mit ihm in den letzten Wochen »Draußensein« übten. Was ich nicht uninteressant finde. Wie übt man das? Und was genau ist »Draußensein«?

Seine Wohnung ist in der Brigittenau, im 20. Bezirk. Nicht schön dort. Aber schöner als im Gefängnis. Wir wohnen im 4. Bezirk, in Wieden, in der Blechturmgasse 12, im Hochparterre, Nummer 8, ich kenne nichts anderes, mir gefällt's. Und der Name der Gasse gefällt mir auch und ist auch überall gut angekommen, wenn ich mich vorgestellt habe.

Mama ist fix und fertig. Seit wir Opa am Dienstag in Krems abgeholt haben, ist sie fix und fertig. Sie benimmt sich so, wie ich mich Papa gegenüber benommen habe, als er noch bei uns war: ängstlich. Ich hatte immer gedacht, ich mache nichts richtig oder das meiste nicht. Am schlimmsten war, wenn er leer vor sich hin geschaut hat und ich in seinem Gesicht lesen konnte, dass es eh keinen Sinn hat, etwas zu sagen bei dem da. Der da war ich. Und gleich hat er ein schlechtes Gewissen gehabt, weil er dachte, er sei schuld, schließlich hat er mich ja gemacht. Ich habe bei mir gedacht, ich bin für ihn das Letzte, und gerade dann war er besonders lieb zu mir, aber eigentlich nicht zu mir, sondern zu seinem schlechten Gewissen, er hat sich bei seinem eigenen schlechten Gewissen eingeschmeichelt. Und genauso denkt Mama jetzt: Für ihn bin ich das Letzte. Also für Opa. Ich kann sie leider nicht freisprechen, sie ist viel älter als ich. Ich war damals acht, heute, mit meinen vierzehn Jahren, würde ich das nicht mehr denken, auch wenn Papa zurückkäme. Was er natürlich nicht tut. Und warum soll Mama so etwas überhaupt denken? Der Versager ist doch schließlich Opa. Er hat achtzehn Jahre im Gefängnis gesessen, nicht sie. Insgesamt sei er, das hat mir Mama irgendwann vorgerechnet, sechsundzwanzig Jahre seines Lebens im Gefängnis gesessen. Wenn da einer das Letzte ist, dann doch er. Also!

Sie sagt: »Er glaubt, er hat nichts zu verlieren. Solche Leute sind gefährlich!«

An den Abenden seit dem Dienstag waren wir immer zusammen, in der Küche, Mama, Opa und ich. Er hat nicht viel geredet, meistens nur gefragt. Einen Suppenwürfel ließ er in eine von den großen Tassen fallen und goss kochendes Wasser darüber. Oder er machte sich einen Grog. Billiger Rum, den er sich selber beim Gourmet-SPAR an der Wiedner Hauptstraße besorgt hat, und heißes Wasser. In derselben Tasse. Nicht einmal unter den Wasserhahn gehalten hat er sie. Schon war es seine Tasse. Die haben wir ihm mitgegeben in seine neue Wohnung. Mama hat sie in Seidenpapier eingewickelt und in seinen Koffer gelegt.

Mit dem Fragen ist es so eine Sache. Eigentlich müsste ich, wenn ich über ihn schreibe und ihn etwas fragen lasse, kein Fragezeichen setzen, sondern ein Rufzeichen. »Darf ich noch von dem Gulasch haben!« Oder: »Darf ich mir noch ein Bier nehmen!« »Hast du Kandiszucker!« Immer Rufzeichen. Das muss er sich abgewöhnen, denke ich. So kommt er draußen nicht weit. In diese Richtung hätten sie mit ihm üben sollen. Das Radio wollte er anhaben, die ganze Zeit, hat immer einen Sender gesucht, wo geredet wird. Von Musik hält er nicht viel. Nachrichten, aber auch Gesprächssendungen, Diskussionen oder Berichte oder Reportagen, das ist seines. Und Kandiszucker, darauf steht er. Mama, brav, hat gleich welchen eingekauft, ein brauner muss es sein. Wir haben einen Radioapparat in der Küche, einen mit einem CD-Player und zwei Boxen. Den hat er nicht angeschaltet, sondern immer seinen eigenen. Das ist ein uraltes Gerät, ein Kofferradio, hell wie seine verdorbene Hose. Weil er nur sein eigenes Radio einschaltet, tut er so, als ob wir nichts hören. Normal wäre es, wenn einer fragt: Stört es euch, wenn ich jetzt Radio höre? Fragt er nicht. Und fernsehen wollte er nicht. Ich dachte wieder, das ist wegen dem elektrischen Licht, das tut seinen blauen Augen nicht gut. Wir haben nämlich den Fernseher in der Küche stehen. Wo auch sonst? Im Bad vielleicht? Mama und ich schauen am Abend beim Essen immer in den Fernseher, das ist unsere Gemütlichkeit. Dabei unterhalten wir uns. Wir haben schon festgestellt, dass wir uns nicht unterhalten, wenn der Fernseher nicht läuft. Dann sind wir nämlich ebenfalls still. Das ist komisch. Finden wir. Wir haben darüber gelacht und den Fernseher wieder eingeschaltet. Sehr gern sehen wir die Millionenshow am Montag um 20 Uhr 15 mit Armin Assinger im zweiten Österreichischen, wir finden beide, da lernt man einiges, und über den Herrn Assinger müssen wir manchmal schmunzeln, weil er so witzige Sachen sagt und die Kandidaten durcheinanderbringt, manchmal könnte ich mich kugeln, aber er meint es immer gut. Und am Sonntag um 20 Uhr 15 schauen wir den *Tatort*. Da kann sein, was will, den schauen wir.

Opas Wohnung sieht trostlos aus. »Mehr als trostlos«, sagte Mama, als sie und ich hinterher in der U-Bahn saßen nach Hause. Möbliert von der MA 48, das ist die Magistratsabteilung der Stadt, die für den Sperrmüll verantwortlich ist. Ein Zimmer mit einer Kochnische, ein Klo mit einer Dusche und ein Schlafkabinett, grad dass ein Bett und ein Kasten hineinpassen. Und wenn man den dazuzählen möchte, noch ein Vorraum mit einer Garderobe, einem Spiegel und einem Regal für die Schuhe. Fenster im Zimmer und im Kabinett hinaus auf die Straße, besser gesagt, auf die Mauer des Wohnblocks gegenüber, wo ich sicher nicht lieber wohnen würde. Auf dem Bett lag nur eine Wolldecke, kein Überzug, nichts, und nur ein Kopfpolster und zwei Klopapierrollen.

Mama sagte, sie besorge ordentliches Bettzeug, das sei ja kein Zustand.

Er sagte: »Das brauchst du nicht!«

Der Sozialarbeiter, der Opa betreut, sagte, er werde sich kümmern, ein Federbett sei eigentlich vorgesehen und Bettzeug.

Im Zimmer ist eine Sitzbank ums Eck, ein Tisch und ein Stuhl. An der Wand hängt ein Regal, das sind drei Bretter übereinander, leer. Das heißt, ein Buch steht dort. Die Bibel.

»Wie erwartet!«, sagte Opa.

»Ich bring dir etwas Ordentliches zu lesen«, sagte Mama.

»Was ist etwas Ordentliches!«, fragte er. Mit Ausrufzeichen.

»Sag mir, was du gern möchtest, ich besorge es dir, wenn ich kann«, sagte sie.

Er fragte mich: »Weißt du, was sie meint, Frankie: etwas Ordentliches zu lesen?«

»Ein Buch über das Weltall zum Beispiel ist eines«, sagte ich.

Ich besitze nämlich so eines, es ist zwar eines für Jugendliche, aber etwas Falsches steht nicht drin, das kann ich mir nicht vorstellen, das hätte man inzwischen längst aufgedeckt und das Buch eingezogen, und auf dem neuesten Stand ist es auch, ausführlichst über Schwarze Löcher.

»Über das Weltall, das ist gut«, sagte er und nickte und grinste. »Das ist gut, über das Weltall!«

Er finde das auch gut, sagte der Sozialarbeiter.

Ich wartete ab, bis sie beide fertig genickt hatten, dann sagte ich, ich würde Opa gern meines borgen. Da nickte er wieder, wieder lang und still.

Wir ließen ihn zurück, wie er war, erst verabschiedete sich der Sozialarbeiter, dann wir. Auf der Eckbank saß er, die langen Beine unter dem Tisch ausgestreckt, so dass sie auf der anderen Seite herausschauten, Hochwasserhosen. Er hat zwei, eine helle und eine dunkle, die helle hat Mama behalten. Die Schuhe hatte er ausgezogen und im Vorraum nebeneinandergestellt, vorbildlich. In Socken ließen wir ihn zurück.

3

Ich stehe am Herd und rühre und kann nur an ihn denken.

Die Hollerflecken in der hellen Hose gehen nicht heraus. Mama hat die Hose schon dreimal gewaschen. Vorher die Flecken mit Gallseife eingerieben. Das sei nun wirklich nicht nötig gewesen, dass er sich auf den Holler setzt! Außerdem bildet sie sich ein, die Hose riecht immer noch.

»Nach was riecht sie denn?«, frage ich.

»Riechst du nichts?« Sie hält mir das Ding unter die Nase. Ich drehe und wende es von den Stulpen unten bis zum Hintern hinauf.

»Waschmittel«, sage ich.

»Und hinter dem Waschmittel?«

»Wie kann man etwas *hinter* etwas riechen?«, frage ich.

Er ist jetzt schon seit vier Tagen in seiner Wohnung in der Brigittenau. Wir haben ihn noch nicht besucht. Mama sagt, er will nicht. Das habe ich aber nicht gehört. Und ich habe nicht gesehen, dass sie allein mit ihm geredet hätte. Im Gegenteil, ich hatte das Gefühl, sie möchte auf gar keinen Fall allein sein mit ihm. Ich musste in seiner Wohnung dringend aufs Klo, da hat sie gesagt, das kann ich auch später machen. Wann später, bitte? In der U-Bahn? Sie hat mir hinter seinem Rücken ein Zeichen gegeben. Da habe ich eben die Tür offen gelassen.

Einmal in der Woche koche ich. Immer am Mittwoch am Abend. Das ist, von meinem Schulplan her gesehen und auch von dem Plan mit meinen Freunden, der günstigste Tag in der Woche, und auch für Mama ist der Mittwoch günstig. Ich gehe am Morgen vor ihr aus der Wohnung, sie kommt am Abend gegen fünf heim. Manchmal hat sie einen Tag frei, dafür muss sie am Abend zur Vorstellung und kommt erst spät in der Nacht, weil sie hinterher noch in der Kantine zusammensitzen und ein Glas trinken. Sie ist Garderoberin in der Volksoper. Das heißt, dem würde sie widersprechen und sagen, man müsse genau sein, Garderoberin sei sie nämlich noch nicht, werde sie aber bald, vorläufig sei sie offiziell erst in der Schneiderei tätig und Garderoberin nur hie und da, und das auch erst beim Chor. Ich sehe das nicht so eng. Darum sage ich, sie ist Garderoberin. Weil sie es gern hört. Außerdem kann ich mir nicht vorstellen, dass es in der Volksoper eine bessere Schneiderin gibt als sie. Alle meine Sachen hat sie besser gemacht, ich habe nämlich eine Figur, die »von der Stange nicht bedient werden kann« – ihre Worte. Kurze Beine und kurze Arme. Stämmig. Wie ein Hydrant. Das Gegenteil meines Großvaters.

Es war übrigens Mamas Idee, dass ich einmal in der Woche kochen soll. Damit ich kochen lerne und etwas fürs Leben habe. Ich war gleich damit einverstanden, ich sehe es nämlich ähnlich. Meistens, das muss ich zugeben, gibt es bei mir Spaghetti. Gern mache ich auch Risotto. Ich rühre gern und gieße gern Suppe und Weißwein dazu. Gemüse-Risotto ist meine Spezialität. Mama sagt, mein Risotto sei 1a, sie brauche nicht in die *Cantinetta Antinori* in der Innenstadt zu gehen, das ist eines der feinsten Lokale in unserer Stadt. Ich fühle mich gebauchpinselt, wie man so sagt. Uns gegenseitig loben, das können Mama und ich.

Wenn ich an ihn denke, sehe ich ihn vor mir, wie er auf der Eckbank sitzt, nur in Socken. Genauso, wie wir ihn dort zurückgelassen haben. Es würde mich nicht wundern, wenn er sich in den letzten vier Tagen nicht vom Fleck gerührt hätte. Einen Kaffee vor sich und den Aschenbecher. Und eine Schachtel Tschick. Wovon ernährt er sich? Und das Feuerzeug, das er aus dem Gefängnis mitgebracht hat, das bei seinen Sachen war, die sie ihm dort vor achtzehn Jahren abgenommen und aufbewahrt haben. Achtzehn Jahre hat das Feuerzeug auf ihn gewartet. Ein Benzinfeuerzeug. Er hat es mir ausführlich gezeigt. Ein echtes Zippo. Das sei zu seiner Zeit lässig gewesen. Ich hätte mir seine Zigarettenmarke merken sollen. Dann würde ich ihm bei meinem nächsten Besuch eine oder zwei Schachteln mitbringen. Aus meinem Geld. Hat er eigenes Geld? Wo hat er das verdient? Andererseits kann ich mir gut vorstellen, dass er ein paar Tage nichts isst.

Beim Rühren im Topf denke ich die ganze Zeit an ihn, er geht mir nicht aus dem Sinn, und eigentlich finde ich das ziemlich lästig, ich habe für gewöhnlich andere Gedanken, Spintisierereien, die ich gern mag. Letzte Woche am Mittwoch habe ich nicht gekocht. Als er noch bei uns war. Warum nicht? Ich weiß nicht. Es hat sich so ergeben. Oder nicht. Ich hatte Angst, dass er unzufrieden ist. Und schimpft. Mit Mamas Essen war er einverstanden. Ich glaube, er traut mir nicht zu, dass ich kochen kann. Er wird sich denken, die Mama ist stolz auf mich und isst alles, was ich koche, aber schmecken tut es ihr nicht. Die würde mich auch loben, wenn ich ihr einen Sandkuchen servierte. Und würde ihn glatt aufessen. Ich dachte, wenn er so denkt, dann nimmt er keine Rücksicht und sagt das auch geradeheraus. Nämlich, dass meine Spaghetti wie Hundsdreck sind und auch so aussehen. Das hätte ihm Mama nicht verziehen. Und schon wäre eine Stimmung gewesen. Das wollte ich vermeiden. Ich denke, das ist der Grund, warum ich nicht gekocht habe letzten Mittwoch. Automatisch hat es mich zum Nichtkochen getrieben, sozusagen. Das Gescheiteste tut man manchmal, ohne es sich vorzunehmen, das ist meine Meinung.

Wegen dem Zeichengeben hinter dem Rücken übrigens: Das haben Mama und ich trainiert und perfektioniert, als Papa noch bei uns gewohnt hat, in der alten Wohnung. Da war es nötig gewesen, dass wir uns dauernd absprechen. Man musste auf Zack sein. Ein Beispiel: Wenn er geredet hat, sagen wir, mit mir, und Mama ist hinter ihm gestanden, dann habe ich ein Gesicht gemacht, dem man nicht ablesen konnte, dass es ein Gesicht ist, dem man nichts ablesen können soll. Während Mama ihre Grimassen geschnitten hat. Oder wenn er uns beiden den Rücken zugekehrt hat und hat etwas gesagt, dann war es nicht gut, wenn wir beide still waren, daraus hätte er geschlossen, wir werfen uns Blicke zu oder verziehen den Mund und verdrehen die Augen. Das ist die Schlauheit von Leuten, die meinen, die Hauptsache spiele sich hinter einem ab.

Erst heute kommt Mama drauf, dass Opa ja kein Handy hat. Mir ist der Gedanke auch nicht gekommen. Er kann gar nicht anrufen, dass er etwas braucht. Ich frage Mama, ob er überhaupt weiß, wo wir wohnen. Man nimmt etwas als selbstverständlich an, und dann ist es nicht so. Sie überlegt, ich sehe ihr an, dass sie erschrocken ist über den Gedanken, dann sagt sie, sie hat ihm Briefe ins Gefängnis geschickt, auf jedem war die Adresse gestanden. Wie viele Briefe denn, frage ich. Sie weiß es nicht. Ob mehr als fünf. Das glaubt sie nicht. Und auch schon länger her. Und eigentlich alle von unserer alten Adresse. Und natürlich nie eine Antwort.

»Er hat mir nie geschrieben, in den achtzehn Jahren nicht.«

»Vielleicht hat er die Briefe gar nicht gekriegt«, gebe ich zu bedenken. Ich weiß nicht, war es in einem Film oder habe ich es irgendwo gehört, dass die Aufsichtspersonen, also die Gefängniswärter, wenn ein Gefangener ein Päckchen bekommt mit Marmelade und Keksen und anderen guten Sachen, Tabak und Whisky und so, das selber behalten, weil sie es auch nicht so dick haben.

»Er hat doch sicher auf das Straßenschild geschaut, als wir vom Bahnhof mit dem Taxi hierhergefahren sind«, sage ich. »Oder dass er gehört hat, wie du dem Taxifahrer die Adresse gesagt hast.«

»Das glaube ich nicht«, sagt sie. »Er hat nur vor sich hin geschaut, der hat gar nichts mitgekriegt, und er ist ja erst eingestiegen, als wir längst schon eingestiegen waren, ich habe mir noch gedacht, er will nicht, der war ja gar nicht auf dieser Welt, der ist gar nicht auf dieser Welt.«

Also wissen wir nicht mit Sicherheit, ob er weiß, wo wir wohnen. Er hat kein Handy und keine Adresse von uns. Sitzt auf seiner Eckbank, vor sich seine Tasse und den Aschenbecher und die Beine unter dem Tisch hindurch, in Strümpfen. Morgen, sagt Mama, solle ich gleich nach der Schule in ein Handygeschäft gehen und ein Gerät kaufen, ein einfaches, mit dem er zurechtkommt. Und dann solle ich es ihm bringen. Sie habe morgen den ganzen Tag Dienst und Abendvorstellung dazu, die Elisabeth Simmer, Sopran, habe sich ausdrücklich gewünscht, dass sie morgen ihre Garderoberin sei, ihre spezielle, sie allein. Vielleicht für die ganze Spielzeit. Das wäre ein Traum.

»Warum ich?«, sage ich. »Warum nicht du? Du bist seine Tochter. Das ist mir peinlich.«

»Bitte«, sagt sie, »bitte, tu mir den Gefallen!«

Ich kann schlecht einschlafen und Mama auch. In der Nacht kommt sie in mein Zimmer und fragt, ob ich mich zu ihr hinüberlege. Wenigstens für eine halbe Stunde. Das mach ich eh gern. In ihrem Zimmer steht das Ehebett, das wir aus der alten Wohnung mitgenommen haben, da haben wir gemütlich beide Platz. Ich schlafe bis zum Morgen bei ihr. Ich wache auf, weil ich den Kaffee rieche.

4

Ich habe fünfmal an der Tür zu seiner Wohnung geklingelt, ehe er mir aufgemacht hat. Ich sah ihn durch die Milchglasscheibe neben der Tür, seinen Schatten habe ich gesehen, oder wie soll ich sagen. Hin-und-her-Bewegung. Vor der Scheibe ist ein Eisengitter, verrostet. Und verziert. Unten war offen, das Schloss vom Tor zur Straße ist kaputt, herausgerissen, so ist diese Gegend.

In Socken hat er mir aufgemacht. Also, dachte ich, braucht er außerdem Hausschlapfen. Wer kalte Füße hat, wird krank. Auch wenn noch warmer Herbst ist. Dass er das selber nicht weiß! Dann fiel mir ein, dass einer, der achtzehn Jahre im Gefängnis gesessen hat, wahrscheinlich nicht weiß, wo er sich Schlapfen besorgen könnte. Mama hat zu mir gesagt, ich solle mir das einmal plastisch vorstellen: Dort drinnen vergisst einer fast alles, was draußen einmal war, und was ist, weiß er nicht, höchstens über das Radio. Ich solle einfach daran denken, wie mir nach den Sommerferien die Schule jedes Mal fremd vorkommt, und das seien ja nur zwei Monate. Vielleicht traut er sich nicht, auf die Straße zu gehen und jemanden zu fragen, wo man Hauspatschen kriegt. Andererseits kann ich mir nicht vorstellen, dass sich dieser Mann irgendetwas nicht traut. Ich nahm mir vor, diesmal genau seine Hände anzuschauen. Ob man ihnen etwas ansehen kann. Wie sie sich zu Fäusten ballen. Wie sie zuhauen. Soviel ich weiß, ist Mama sein einziges Kind. Auch, soviel sie weiß. Sie erzählt nicht. Ob er sie als Kind geschlagen hat zum Beispiel. Wissen möchte ich es eigentlich nicht. Ich würde lieber in der Stadt herumgehen und nachdenken, auch über Unwichtiges, ich kann gut für mich allein sein, und wenn ich über etwas nachdenke, kommt es mir nicht unwichtig vor, zum Beispiel, was ich am Abend koche, wenn Mittwoch ist. Dass wir uns in Zukunft um ihn kümmern müssen, Mama und ich. Weil er die einfachsten Dinge nicht mehr weiß. Und dass es für Mama wahrscheinlich nicht gut ausgehen wird. Das ging mir durch den Kopf, als ich seinen Schatten hinter der Milchglasscheibe sah.

Er hat mich nicht freundlich begrüßt, wie ich mir dachte, dass er es sicher tun wird, und wie es sich auch gehört hätte.

»Was willst du!«, fragte er. Als ob er mich schon einmal fortgeschickt hätte, als ob er eigentlich sagen will: Was willst denn du schon wieder hier?

Dass ich ihn einfach besuchen komme, antwortete ich und lächelte. Den Mund brachte ich zum Lächeln, die Augen nicht, sosehr ich auch drückte. Und dass ich ihm das versprochene Buch mitgebracht hätte.

»Das Buch über das Weltall!«, sagte er.

»Genau.«

Das Buch heißt: *Wissen entdecken. Weltall: Planeten, Sterne, Schwarze Löcher.* Es hat einen bunten Umschlag, der, zugegeben, nach einem Kinderbuch aussieht.

»Das ist ein Kinderbuch«, sagte er.

»Ein Jugendbuch«, sagte ich.

»Und das soll ich lesen, meinst du? Das ist das Ordentliche, das ich unbedingt lesen soll, wie deine Mutter meint?«

»Ich finde es ordentlich, ja.«

»Und du sagst mir auch, was daran ordentlich ist?«

»Dass man einiges über das Weltall erfährt. Zum Beispiel über das Schwarze Loch im Zentrum unserer Milchstraße. Sogar ein Foto davon ist abgebildet, das ist ganz neu, eine Sensation.«

Da ist mir im selben Augenblick eingeschossen, dass er das auf sich beziehen könnte. Jedenfalls, dass ich, wenn ich achtzehn Jahre gesessen hätte, es auf mich beziehen würde, wenn jemand mir von einem Schwarzen Loch redet. Und im selben Augenblick hat er mich angeschaut, und ich habe in seinem Blick gesehen, dass er mir abgelesen hat, was ich denke, und hat nun dasselbe gedacht, und ich war neugierig, was er gleich sagen wird.

»Willst du mich jetzt fragen, warum ich gesessen habe?«

»Nein, ich habe schon einmal gesagt: nein.«

»Man kann seine Meinung ändern.«

»Tu ich nicht.«

»Frag ruhig.«

»Ich frag nicht.«

»Frag!«

»Nein!«

»Weil du Schiss hast.«

Darauf antwortete ich nicht.

Wir saßen ums Eck auf seiner Bank. An seinem Hals waren die Sehnen zu sehen, das Hemd hatte er drei Knöpfe offen, Büschel grauer Haare schauten heraus. Ein Kettchen hatte er um den Hals. Den Anhänger sah ich nicht. Vielleicht war er in den Nacken gerutscht. Vielleicht gab es gar keinen Anhänger. Dann allerdings die Frage, warum überhaupt ein Kettchen. Er roch nach Zigarettenrauch, nicht unangenehm, muss ich sagen. Die blauen Augen konnte ich jetzt von ganz nahem sehen, unheimlich blau. Und unheimlich war er mir nun obendrein, weil die Möglichkeit bestand, dass er Gedanken lesen konnte. Sicher war es nicht, es hätte auch Zufall sein können. Allerdings kann ich mir gut vorstellen, dass ein Mensch im Gefängnis das mit den Jahren lernt, eben weil im Gefängnis dauernd gelogen wird und Worte und Gedanken immer verschieden sind. So jedenfalls stelle ich mir das Gefängnis vor.

Auf dem Tisch neben meiner Schultasche lag das Paket mit der neuen Hose, die Mama besorgt und enger geschneidert hatte. Wieder eine helle, eine ähnliche. Ich soll ihm aber gleich sagen, dass es eine neue Hose ist, hatte Mama geraten, es könne nämlich sein, dass er ein Tamtam macht, wenn er selber draufkommt. Dass er meint, sie habe ihn hintergehen wollen.

»Also, was sonst noch?«, fragte er.

»Da ist eine neue Hose für dich«, sagte ich und schob das Paket zu ihm hinüber, bis es seine Hand berührte. »Eine helle wie die andere, aus der sind die Hollerflecken nicht mehr herausgegangen. Darum hat Mama eine neue gekauft.«

»Danke.«

»Mama hat sie enger gemacht. Abgemessen an der alten.«

»Danke. Sonst noch etwas?«

»Du sollst mir sagen, was sie mit der alten machen soll.«

»Die kann sie wegwerfen. Oder verbrennen. Habt ihr einen Ofen, in dem man Sachen verbrennen kann? Einen richtigen Ofen? Die Hose gehört nicht mir. Die gehört dem Staat. Sonst noch etwas?«

In der U-Bahn hierher hatte ich schon überlegt. Wie ich es richtig anstellen sollte. Nämlich ihn zu überreden, mit mir in ein Handygeschäft zu gehen. Er muss ja dort etwas unterschreiben. Was gibt es da zu überlegen, könnte man sagen. O ja, einiges. Wenn ein Vierzehnjähriger so einem alten, sturen Sack einen Vorschlag macht, ganz gleich, was für einen Vorschlag, dann muss er damit rechnen, angeschnauzt zu werden. Weil sich so ein alter, sturer Sack von einem Vierzehnjährigen nämlich keinen Vorschlag machen lässt, darum. Ich kann ihm ja nichts befehlen.

Ich sagte, wie sich hinterher herausstellte, das Falscheste, was ich sagen konnte, nämlich: »Weißt du, was ein Handy ist?«

Er sah mich unter den herunterhängenden Augenlidern an. »He!«, sagte er. Nicht laut. Zog das E lang hinaus und blies dabei den Rauch von seiner Zigarette aus, und dann, mit einer schnellen Bewegung, hielt er mein rechtes Handgelenk fest.

Sehr fest. Ich riss daran. Er drückte noch fester und presste mein Handgelenk auf die Tischplatte.

»Was?«, fragte ich.

»Willst du mich als einen Deppen hinstellen? Vor den Wänden da.«

»Nein.«

»Du weißt, wie lange ich gesessen habe?«

»Ja.«

»Wie lange?«

»Insgesamt oder jetzt?«

»Aha, man ist informiert. Jetzt, meine ich.«

»Achtzehn Jahre.«

»Vier Jahre länger, als du alt bist, habe ich recht, Frankie?«

»Habe ich noch nicht nachgerechnet«, log ich.

»Hast du schon. Ich sehe es dir an. Aber höre: Damals hat es schon Handys gegeben. Jede Menge. Ganze Haufen davon. Man ist an der Straße entlanggegangen, und da lag ein Haufen Handys, so war das. Was sagst du jetzt? Sag, was du jetzt sagst!«

»Ich weiß nicht, was vor meiner Geburt war«, sagte ich. Das war ziemlich schwach. Die Schwarzen Löcher waren auch vor meiner Geburt, und von denen weiß ich. So gut wie alles am Himmel war vor meiner Geburt. Immerhin gab er meine Hand frei. Das Gelenk war rot und tat weh. Aber ich habe mir nichts anmerken lassen.

»Ich sag dir noch etwas«, sagte er. »Man sollte bei einem Mann, und zwar bei jedem Mann, bei jedem Mann auf der ganzen Welt, im ganzen Universum, falls es dort auch noch Männer gibt, sollte man die Zeit zwischen seinem vierzehnten und seinem vierundzwanzigsten Lebensjahr streichen. Am besten sie alle miteinander zehn Jahre lang ins Tiefkühlfach legen. Und dann auftauen. Verstehst du, was ich meine?«

»Nein.«

Erst jetzt bemerkte ich den Stein, der auf dem Tisch lag. Das Paket mit der neuen Hose hatte ihn verdeckt. Ein weißer Stein, fast kugelrund, so groß wie eine Snookerkugel etwa.

»Was ist das?«, fragte ich.

»Das ist mein Talisman«, sagte er.

»Kann er etwas?«

»Du meinst, ob der Stein etwas kann?«

»Ich denke, ein Talisman kann etwas«, sagte ich. »Warum sollte er sonst ein Talisman sein?«

»Da könntest du recht haben«, sagte er. »Er kann warten. Das kann er.«

»Warten? Ein Stein? Was tun Steine anderes als warten? Ein Stein, der warten kann, aha.«

»Stell dir vor, ja! Ich musste ihn abgeben. Zusammen mit der Uhr und dem Gürtel und meinen Hosen und dem Hemd und dem Zippo und so weiter. Alles in eine Schachtel hinein, eine aus sehr hartem Karton. Solche Schachteln müssen extra angefertigt werden. Doppelstark. Dann mein Name darauf und mit einem Siegelband verklebt. Die Sachen haben alle auf mich gewartet. Und der Stein auch.«

»Und was ist es für ein Stein?«

»Komm her, Frankie«, sagte er, zog mich aber nicht zu sich, sondern im Gegenteil, knuffte mit seiner Faust gegen mein Schlüsselbein. Allerdings nur leicht.

5

Wenn einer denkt, dass jetzt etwas Liebes folgt, dann täuscht er sich. Und zwar gewaltig.

Ich habe mich noch am Vorabend im Netz kundig gemacht, wo in seiner Nähe ein Handygeschäft ist. Nicht dass ich dann auf der Straße stehe und so tue, wie er tun würde. Wir mussten eine Viertelstunde gehen. Bei mir war es das Gleiche wie bei Mama, ich machte viele Schritte, er wenige, und so waren wir gleich schnell, aber ich kam mir vor wie ein zappelnder Zwerg neben ihm. Im Handyladen war es dann umgekehrt. Er stand da, wiegte von einem Bein auf das andere, stand wieder so schräg. Wenn der nette Mann mit der schwarzen Hose und dem schwarzen T-Shirt ihn ansprach, blinzelte er, als erwarte er, dass man ihm etwas ins Gesicht wirft. Er war klein, so klein, ich war derjenige, der geredet hat. Er hat nur auf den Boden geschaut und Achter gedreht. Wenn er dann doch auf etwas antwortete, musste ich jedes Mal nachfragen, weil er so genuschelt hat. Am liebsten hätte ich gesagt, he, der Mann tut dir nichts, der will dir nur ein Handy verkaufen, der will dir nicht auf den Kopf draufhauen, der weiß nicht, dass du in deinem Leben insgesamt sechsundzwanzig Jahre gesessen hast. Geduckt und auf alles gefasst, so war er. Er konnte sich nicht entscheiden, was für eines er will.

»Die sehen alle gleich aus«, sagte er.

»Dann nimm einfach irgendeines«, sagte ich. Vielleicht habe ich ein bisschen zu laut gesprochen, das kann schon sein. Und zu ungeduldig. Als ob ich der Großvater wäre und er der Enkel.

»Und welches?«

»Was? Ich habe dich nicht verstanden.« Obwohl ich ihn verstanden hatte.

»Welches ich nehmen soll?«

»Irgendeines.«

Er zog weiter seine Achterschleifen, ich war froh, dass wir die einzigen Kunden waren, der Verkäufer tat derweil, als hätte er zu tun. Netter Kerl.

»Das da vielleicht? Ist es besser, wenn es größer ist? Oder das da, das ist hellgrau, warum ist es hellgrau? Hat das etwas zu bedeuten?«

»Was? Ich versteh dich nicht.«

Ich sagte, er solle die Augen zumachen und sich einmal im Kreis drehen und dann mit dem Finger auf die Auslage zeigen, und das nehmen wir dann. Das wollte er nicht.

»Soll ich mich im Kreis drehen?«, sagte ich. »Wie bei Blindekuh.«

Nun hörte er auf, in Achtern zu gehen. Mitten im Laden blieb er stehen. Ich habe verabsäumt, ihn anzusehen. Das war ein Fehler. Mein Benehmen war ein Fehler. Es hat mir Freude gemacht, überlegen zu sein. Einer aus der Welt. Gegen einen von außerhalb. Ein Alien. Ich hätte in seinen Augen lesen sollen.

»Gehen wir«, sagte er. Nun sehr deutlich.

Ich schloss die Augen, drehte mich im Kreis, tat dabei wie ein Idiot, Lippen nach unten und so, und zeigte schließlich – auf das billigste.

»Das kostet am wenigsten«, sagte er. Auch auf seine Stimme hätte ich achten sollen.

»Da schau an«, sagte ich.

»Das hast du gewusst.«

»Was habe ich gewusst?«

»Dass das da das billigste ist. Du hast die Augen aufgemacht.«

»Es ist eines genauso gut wie das andere«, erklärte ich. »Die teuren sind nicht besser als die billigen. Das ist inzwischen so. Die teuren kaufen die Angeber, die billigen die Normalen.«

»Ich möchte jetzt gehen«, sagte er wieder.

Er weigerte sich zu unterschreiben. Er unterschreibe prinzipiell nichts. Der Verkäufer war wirklich sehr freundlich. Er könne das verstehen, sagte er, ein bisschen zu viel wie ein Pfleger vielleicht. Er empfahl ein Wertkartenhandy, weil das dem Kunden am wenigsten abverlange. Da müsse man inzwischen zwar auch unterschreiben, bei ihm aber nicht. So hat er sich ausgedrückt und dabei mich mit diesem extrem ausdruckslosen Gesicht angesehen, wie man jemanden ansieht, dem man gerade kein Zeichen geben kann, weil der, der gemeint ist, zuschaut. Ich glaube, der Mann hat durchgeblickt, was mit Opa los ist. Ich glaube, er hat voll durchgeblickt sogar. Auch dass er im Gefängnis war. Ich glaube, der Mann kennt jemanden, dem es ähnlich geht. Oder er war selber im Gefängnis. Unser Mathelehrer, das fiel mir ein, hat einmal gesagt, was früher die Gebrauchtwagenhändler waren, seien heute die Handyverkäufer.

Ich bezahlte, und der Mann schrieb die Nummer von dem Handy auf ein Stück Papier und gab es mir zusammen mit dem Gerät. Und schloss und öffnete dabei die Augen, sehr langsam. Das hieß, falls sich Opa weigere, mir die Nummer seines Handys mitzuteilen. Hat es offensichtlich alles schon gegeben. Das war fair. Ich überlegte, ob es vielleicht vernünftig wäre, wenn ich den Mann bei Gelegenheit allein besuchte und ihm die Sachlage erklärte. Ob er mir vielleicht einen Rat geben könne. Ich glaubte, er würde sehr nett zu mir sein und mir helfen. Ich war mir ganz sicher. Ich schaute ihn ebenso ausdruckslos an, wie er mich angesehen hatte.

Und dann waren wir draußen, Opa umklammerte das Handy in seiner Jackentasche. Wir gingen ein Stück, normal und friedlich, er glich sich meinem Schritt an, was aussah, als schlendere er planlos und durchaus glücklich, zufrieden mit den weißen Wolken oben über den Häusergiebeln und den blauen Septemberflecken dazwischen, und plötzlich packte er mich am Ärmel und zerrte mich in eine Toreinfahrt und drückte mich gegen die Kalkwand.

»Tu das nie wieder!«, zischte er.

»Was habe ich denn getan?«, fragte ich und machte mich los. Angst hatte ich nicht.

»Stell mich nie wieder vor einem anderen als einen Idioten hin! Nicht vor den leeren Wänden in dem beschissenen Apartment, das mir euer beschissener Staat spendiert, nicht vor den beschissenen Autos in dieser beschissenen Gasse und nicht vor einem beschissenen Halbaffen in einem beschissenen Handygeschäft.«

»Hab ich doch gar nicht.«

»Hast du nicht?«

»Nein.«

»Dann kannst du es ja ruhig noch einmal tun. Oder? Was meinst du?«

»Was soll ich denn tun?«

»Tu's einfach noch einmal! Dann wirst du es sehen. Da vorne ist eine Bäckerei. Da gehen wir beide jetzt hin. Und dann tu's noch einmal!«

»Und dann? Was ist dann? Das würde ich jetzt gern wissen. Schlägst du mich dann zusammen?«

Eine Weile standen wir einer vor dem anderen, ich an der Wand, im Rücken die Reihe mit den Klingelknöpfen, ich schaute dahin, er dorthin, ich hätte lieber einen größeren Abstand zu ihm gehabt, aber den bestimmte er, ein roter, beschissener Škoda fuhr vorbei, wie wir einen gebrauchten uns leisten könnten und es uns schon überlegt hatten, aus dem Toreingang roch es kalt muffig wie nach Moos, im Hof sprang ein Motor an, eine Autotür klappte, ein Schleifgeräusch war zu hören, Metall auf Metall, ich war in der Sonne. Und dann hat er ausgeholt und mir eine geschmiert, eigentlich war es ein Schwinger in einem Bogen von oben nach unten geführt, wie eine Peitsche sein Arm, an deren Ende ein dicker Knoten befestigt ist, die Faust. Dass mir die Backenzähne auf der einen Seite bis in die Kiefer hinunter und hinauf gesungen haben. Und umgefallen bin ich auch. An die Wand geknallt und nach unten gerutscht. Und das Blut habe ich im Mund geschmeckt.

Ich bin davon.

Gerannt bin ich, bis ich nicht mehr konnte, dann habe ich mich auf das Trittbrett von einem Lastwagen gesetzt, vor einer Gärtnerei, glaube ich, ich wusste nicht, wo ich bin.

Das war heute Nachmittag.

Ich komme nach Hause. Mama ist da. Sie hat zwei Stunden frei, bevor die Vorstellung beginnt. Sie wollte sich frisch machen, wegen dem guten Eindruck vor der Elisabeth Simmer, Sopran.

»War er das?«, fragt sie. Ich habe mich noch nicht im Spiegel gesehen.

»Ja, er.«

»Dann braucht er sich hier nicht mehr blicken zu lassen«, sagt sie. »Dann ist er abgeschrieben!«

Ich sage: »Am liebsten hätte ich zurückgeschlagen!«

»Dann bringt er dich um!«

Nach diesem Wort ist es still zwischen uns. Man kann sich das denken.

»Wenn ich zur Polizei gehe«, sagt sie, »dann stecken sie ihn die restlichen zwei Jahre hinein.«

»Und dann?«, sage ich. »Wenn er wieder rauskommt?«

Sie holt ein kleines, tiefgefrorenes Paket Cremespinat aus dem Eisfach, wickelt es in ein Küchentuch und sagt, ich soll es mir an die Seite halten.

»Mama«, sage ich, »was können wir tun?«

»Er ist ein Tier«, sagt sie.

Ob sie bei mir bleiben soll, fragt sie. Sie meint, ich fange gleich an zu weinen. Das tu ich nicht. Wenn ich will, sage sie ab. Das möchte ich nicht. Ich könne auch mit ihr mitgehen. Mich hinter der Bühne auf einen Stuhl setzen. Das hätten andere auch schon getan. Eine Cola trinken, gemütlich zuschauen, Würstel mit Senf und Kren essen, alles von der Kantine, alles gratis, Mannerschnitten oder einen heißen Tee aus dem Automaten, der ist gut, mit viel Zitrone. Meiner Meinung nach hat sie einen zu hellroten Lippenstift aufgetragen und auch ungeschickt. Die Musik sei einmalig, und die Simmer sei sehr nett. Ich würde niemanden stören. Alles nette Leute. Sie habe schon viel von mir erzählt. Man habe auch schon nachgefragt. Heiße Würstel hinter der Bühne doch lieber nicht, weil man das riechen könnte bis in den Zuschauerraum.

»Ich tu fernsehen«, sage ich.

6

Für Mama sind die dauernden Tierfilme auf allen Programmen langsam ein Gräuel. Sagt sie. Besonders wenn in der Freiheit lebende Tiere einen Namen kriegen, zum Beispiel: »Die Bärin Uka streift viele Kilometer täglich durch den Wald, auf der Suche nach Nahrung. Sie kümmert sich rührend um ihre Jungen.« So, als ob die Bärin wüsste, dass sie Uka heißt. Ich sehe darüber hinweg. Was mich eher ärgert, ist, dass sie nie zeigen, wie eine Löwin oder ein Leopard seine Beute reißt. Immer heißt es, »diesmal hat das Zebra noch Glück gehabt«, oder sie zeigen zwar die Jagd, aber dann Schnitt, und wir sehen die blutigen Schnauzen der Löwinnen oder des Leoparden, und das Zebra ist schon halb aufgefressen, schon sieht man die freien Rippen. Nie wird gezeigt, wie sie es töten. Weil die Grausamkeit der Natur dem Zuschauer nicht zumutbar ist. Da lach ich. Was mir an diesen Filmen am besten gefällt, sind die Landschaften. Wenn da zum Beispiel der Sambesi gezeigt wird, allein schon das Wort, und irgendwo in der Ferne schweben die Berge. Das sieht man bei uns nicht. Hyänen mag ich besonders. Hauptsächlich deshalb, weil die sonst niemand mag. Mama graust sich vor ihnen. Ich sage: »Die sind tapfer, vor denen haben sogar Löwen Spundus.« Das beeindruckt sie nicht.

Im 3sat zeigen sie einen Film über Indische Elefanten. Das sind riesengroße Tiere, aber dass ich beim Zusehen vor mich hin träumen könnte wie bei den Löwen, den Leoparden oder gar den Tigern, das bringen sie nicht. Sie geben mir keine Gedanken ein. Wie soll ich mich ausdrücken? Ich sehe ihnen zu, aber ins Träumen komme ich dabei nicht. Ich habe Achtung vor ihnen, das auf alle Fälle.

Mitten im Film klingelt es. Das kommt vor. Dass jemand unten beim Tor hereinmöchte, aber keinen Schlüssel hat und auf alle Klingeln gleichzeitig drückt. Mama sagt, ich soll dann nicht aufmachen. Die kommen rein, sagt sie, und beugen sich über die Container und suchen etwas. Und wenn, sage ich. Mich stört das doch nicht, ich muss ihnen ja hinterher nicht die Hand geben.

Ich frage in die Gegensprechanlage, wer da ist. Meistens sagt einer, er habe den Schlüssel vergessen.

»Ich bin's«, höre ich.

Er ist es.

Ihm öffne ich nicht. Ich lege den Hörer auf.

Er wird auf alle anderen Knöpfe drücken, und irgendjemand im Haus wird ihm aufmachen. Also wird er gleich vor der Wohnungstür stehen und wieder klingeln.

Und das tut er. Er klingelt ein paarmal, dann klopft er. Ich lege mein Ohr an die Tür. Erst klopft er mit dem Knöchel, dann mit der flachen Hand.

»Mach auf, Frank!«, sagt er. »Ich habe dir deine Schultasche mitgebracht. Ich nehme doch an, dass du die brauchst. Oder hast du vor, die Schule abzubrechen.«

Das hatte ich vergessen! Ich habe glatt vergessen, dass ich die Schultasche auf seinem Tisch habe liegen lassen. Ich dachte ja, wir gehen nach dem Handykauf wieder zu ihm in seine Wohnung. Ich wollte mir aufschreiben, was er sonst noch alles braucht, eine Liste. Dass er draußen so völlig durchdreht, das konnte ich ja nicht wissen. Und als ich durch die Stadt lief mit dem geschwollenen Kiefer, da war ich so durcheinander, dass mir nicht einmal gleich eingefallen wäre, wie ich heiße, wenn mich einer gefragt hätte.

»Mach auf!«, sagt er wieder. Und dann leise und nah: »Frank, du drückst dein Ohrwaschel an die Tür, hab ich recht? Kürzen wir das Ganze ab. Also mach auf!«

Er wird gewinnen. Ich weiß es. Ich könnte in diesem Moment heulen, nun wirklich, weil ich denke, er wird immer gegen mich gewinnen, und er wird mich nie wieder in Ruhe lassen.

»Also hör zu«, sagt er, und er hat nun einen Ton in der Stimme, den ich bei ihm noch nicht kenne, ohne Aufregung. »Ich spiel jetzt nicht das beschissene Spiel mit dem beschissenen Zählen auf drei oder auf zehn. Dazu bin ich zu alt. Ich habe das schon idiotisch gefunden, als ich jung war. Ihr tut alle wie in den beschissenen Spielfilmen. Darum seid ihr solche Idioten. Ich warte einfach. Ich warte. Ich sag nichts mehr und warte. Aber ich warte nicht lange. Wie lange ich warte, das wirst du dann schon merken. Woran, Frank, wirst du es merken? Was denkst du, Frank? Willst du das wissen, Frank? Soll ich es dir sagen, Frankie? Du merkst es daran, dass ich die Tür einschlage. Ich kann das. Also.«

Also mache ich auf.

»Frankie«, sagt er. »Lass sehen.« Er nimmt mein Kinn zwischen Daumen und Zeigefinger und dreht meinen Kopf, dass er die böse Seite im Licht der Flurlampe begutachten kann. »Frankie, Frankie, Frankie. Das hättest du dir sparen können.«

»Ich heiße Frank«, sage ich. »Mit a und nicht mit ä und ohne i.«

»Hat dich deine Mutter nicht Frank getauft, damit man zu dir Frankie sagt, mit ä und y, dem schönen Ypsilon? Man schreibt Frankie mit y, nicht mit i. Oder schreibt man es mit dem beschissenen ie?«

»Niemand sagt zu mir Frankie.«

»Bist du nicht beliebt?«

»Du hättest mir den Kiefer brechen können. Vielleicht ist er gebrochen. Jedenfalls tut er sauweh. Immer noch.«

»Dann musst du den Doktor anrufen, Frankie. Einen mit Nachtdienst. Oder wir rufen ein Taxi und fahren ins Krankenhaus. Gibt es das AKH noch?«

»Ich will nicht, dass jemand Frankie zu mir sagt.«

»Ich sag's trotzdem. Frankie.«

So geht es hin und her, während wir immer noch im Flur stehen. Die Wohnungstür hat er gleich hinter sich zugemacht, als er eingetreten ist. Und in seinem Rücken den Schlüssel umgedreht.

Er zieht die Schuhe aus, stellt sie auch hier brav nebeneinander, geht an mir vorbei in die Küche. Setzt sich auf seinen Platz am Tisch. Streckt die Beine aus. Dieser Mann in den Socken. Ich glaube nicht, dass er mich noch einmal schlagen wird. Ich beruhige mich allmählich. Er zündet sich eine Zigarette an. Mit dem alten Zippo. Wo kriegt er das Benzin her? Ob ich auch eine möchte, fragt er. Möchte ich nicht. Marlboro.

Ich weiß nicht, ob ich eine Wut habe. Es ist etwas anderes. Wenn ich eine Wut habe, zittere ich. Das tu ich nicht. Wenn ich normalerweise eine Wut habe, muss ich beim Sprechen aufpassen, dass es nicht weinerlich klingt. Und deshalb rede ich wirr. Und deshalb bin ich normalerweise still, wenn ich eine Wut habe. Die Wut fühlt sich heiß an. Das ist jetzt anders.

Ich sage: »Wenn wir zur Polizei gehen, dann kommst du wieder ins Gefängnis.« Ich sage wörtlich genau, was Mama gesagt hat: »Dann stecken sie dich die restlichen zwei Jahre ein. Mindestens. Wahrscheinlich länger.« Das sage ich tatsächlich. Und ich erschrecke darüber nicht.

»Ja«, sagt er. Sonst nichts.

Vorläufig sonst nichts. Ich bin wieder dran.

Ich sage: »Du hast einen Vogel, weißt du das.«

Er: »Dann komme ich nie wieder heraus, Frank. Und nie wieder heißt dann: nie wieder.«

Was soll ich darauf sagen? Ich will nichts mehr sagen. Nichts zu diesem Thema. So wie er dasitzt, an unserem Küchentisch, wie er die ganze letzte Woche dagesessen hat, vom Frühstück bis zum Insbettgehen, an seinem Platz, nur seine Tasse fehlt, so kann ich nicht weiter mit ihm reden. Als wäre er ein anderer und nicht mein Großvater. Er hat mich zusammengeschlagen in der Toreinfahrt, und ich hätte gesagt, wär ich gefragt worden, ja, der da ist mein Opa. Jetzt habe ich zwar einen kalten Kopf und keine Wut, aber durcheinander bin ich schon. Ich hoffe, er geht, bevor Mama kommt.

Prompt fragt er: »Wo ist deine Mutter?«

»Bei der Arbeit.«

»Sie hat eine Arbeit in der Nacht? Hallo!«

»Sie ist Garderoberin in der Volksoper.«

»Garderoberin? Das klingt nach einem Deppenberuf.«

»Warum sagst du so etwas?«

»Hast du ihr erzählt? Dass ich dir eine gedonnert habe?«

»Ja. Sie hat es gesehen. Man sieht es ja, wenn man nicht blind ist.«

»Wann kommt sie?«

»In einer Stunde«, lüge ich.

»Du lügst.«

»In zwei Stunden.«

»Lüg weiter, es ist mir egal. Zwei beschissene Stunden genügen uns, denke ich.« Er öffnet meine Schultasche, zieht die Kiste mit dem Schach heraus und stellt die Figuren auf. »Und?«, fragt er.

»Was und?«

»Hast du vergessen, was ich dir gezeigt habe?«

Ich habe es nicht vergessen. Wir spielen Schach, das heißt, wir probieren Schach, ich schiebe die Figuren, und er putzt sie weg. Ohne mir zu erklären, was ich falsch gemacht habe. Und freut sich dabei. Als ob es eine Freude sein könnte, gegen einen Anfänger wie mich zu gewinnen. Dabei schauen wir den Tierfilm fertig. Den über die Indischen Elefanten. Anschließend kommt noch ein Tierfilm.

Bis um zehn Uhr tun wir auf dem Schachbrett herum. Bis die Vorstellung in der Volksoper zu Ende ist, ungefähr.

Ich sage: »Jetzt ist die Vorstellung zu Ende.«

Mitten im Spiel räumt er die Figuren ab.

»Hast du ein Plastiksackerl für mich?«, fragt er. »Ich möchte nicht mit dem offenen Schachbrett in der Nacht durch die Stadt gehen.« Weil er meine Schultasche ja nicht mitnehmen könne. Außer ich komme ihn morgen wieder besuchen. Darauf sage ich nichts. »Wenn da einer daherkommt und mich sieht, wie ich mitten in der Nacht mit einem Schachbrett spazieren gehe, denkt er, der hat einen Huscher, und einem mit einem Huscher kann man lässig eine auflegen. Du denkst wahrscheinlich, einem mit einem Huscher legt man keine auf, weil man denkt, der hat einen Huscher, und einer mit einem Huscher tut einem leid, und einem, der einem leidtut, dem tut man nichts. Das ist eine Fehlmeinung. Ich kann es mir nicht leisten, dass mir einer eine auflegt. Man wird sagen, es hat einen Grund gegeben, dass man dem eine aufgelegt hat. Und wenn ich sage, der Grund ist das beschissene Schachbrett, wer soll das glauben? Dann steh ich da.«

Er zieht die Schuhe an, kniet dabei mit einem Bein am Boden. Ich sehe seinen von Kerben kreuz und quer geritzten Nacken.

»Wegen diesen Tierfilmen, die du so gern anschaust«, redet er weiter, kniet dabei noch, obwohl die Schuhe schon beide gebunden sind, »und weil deine Mama doch sicher gesagt hat, dass ich ein Tier bin. Hat sie das gesagt? Sicher hat sie das gesagt. Ich sehe dir an, dass sie das gesagt hat.«

Er kann mir gar nichts ansehen, er starrt nämlich in den Boden hinein, fast komme ich auf die Idee, hinterher nachzuschauen, ob da zwei Löcher sind.

»Ich war ein Jahr lang mit einem zusammen in einer Zelle, der war nicht älter als zwanzig, nicht viel älter als du, von mir aus betrachtet, nicht viel älter als du. Der hat seine Mama sehr liebgehabt. Aber er hat sich nicht um sie gekümmert. Eben weil er es nicht konnte. Eben weil er gesessen hat. Und um die zwei Hunde von seiner Mama konnte er sich auch nicht kümmern. Die eigentlich seine Hunde waren. Eben weil er gesessen hat. Ein Schäfer und ein Riesenschnauzer. Da kann ihm niemand die Schuld geben. Was meinst du? Und dann ist seine Mama gestorben. Sie hat niemanden gehabt außer ihm. Niemanden auf der Welt. Das kann man sich nicht vorstellen, wenn man nur einen einzigen Menschen hat, und der sitzt, wie das ist. Sie hat niemanden gehabt, und deshalb ist sie niemandem abgegangen. Sie ist einfach in ihrer beschissenen Wohnung gestorben. Nur die Hunde waren bei ihr. Immerhin. Oder nicht immerhin. Die hatten nämlich bald einen beschissenen Hunger. Und da haben sie die Frau zur Hälfte aufgefressen.«

7

Ich blieb in der Küche, bis Mama kam. Da war es schon über Mitternacht. Zuerst wollte ich weiter fernsehen, aber es kam nichts, was mich interessierte. Dann wollte ich sie anrufen und fragen, wann sie kommt. Es hätte sie erschreckt, und ich weiß, wie gern sie mit den Kollegen in der Kantine sitzt. Dann bin ich ins Internet und habe »Gefängnis Stein Krems« in den Google eingegeben. Ich habe das Wikipedia angeklickt, da standen deprimierende Dinge, zum Beispiel das Wort »Maßnahmenvollzug«. Wieso liest das niemand durch, bevor er etwas anstellt! Ich habe das Wort angeklickt. Was es da zu lesen gibt, ist noch schlimmer. In Stein, wo Opa eingesessen ist, gibt es das. Ich will es nicht wissen. Ich habe den Laptop zugeklappt und mich in die Küche gesetzt und habe Radio gehört und einen Apfel geschält, geviertelt, entkernt und gegessen. Sie brachten zwar nur klassische Musik, Mozart und so, aber das war mir dann auch schon egal. Ich bin still dagesessen, bis ich den Schlüssel im Schloss gehört habe.

Mama sah mich in der Küche sitzen und erschrak.

»War er da?«, fragte sie.

»Nein.«

»Ich rieche ihn aber.«

»Mama«, sagte ich, »du wirst langsam komisch. Du riechst ihn an seiner Hose, die du dreimal gewaschen hast …«

»Zweimal.«

»Schon nach einmal Waschen kann man nichts mehr riechen.«

»War er hier?«

»Also gut«, sagte ich, »ja, er war hier.«

Sie setzte sich mir gegenüber auf ihren Sessel und atmete ein paarmal tief ein und aus. Der Lippenstift war weg. Abgeleckt oder an dem Schinkenkäsetoast hängengeblieben, den sie nach der Vorstellung in der Kantine gegessen hat, das tut sie meistens, dazu ein Glas Rotwein, das machen alle, die Herren Bier, zum Herunterkommen.

»Wie war die Vorstellung?«, fragte ich, um harmlos zu tun.

»Du sitzt auf seinem Sessel«, sagte sie. »Bitte, setz dich hierher!«

»Mama«, sagte ich, »es ist nicht sein Sessel, er war nur am halben Dienstag, am Mittwoch, am Donnerstag, am Freitag und am Samstag ganz in der Frühe hier, da kann keiner sagen: Das ist mein Sessel! Außerdem hat er das nie gesagt, das sagst nur du.«

»Hat er sich wenigstens bei dir entschuldigt«, fragte sie.

»Er hat mir die Schultasche gebracht, die habe ich bei ihm vergessen. Und eine Süßigkeit dazu.«

»Was für eine Süßigkeit denn?«

»Er hat mir keine Süßigkeit mitgebracht. Ich habe das nur so gesagt.«

Immerhin lächelt sie. Es ist ein Spiel zwischen uns: Lügen und gleich Zugeben und dann Lächeln und Wiedergutsein. Sie tut es, ich tu es, es funktioniert.

»Ich habe gewusst, ich rieche ihn«, sagte sie. »Hau dich ja nicht mit ihm auf ein Packl!« Und wieder nach ein paarmal tief Einatmen und Ausatmen: »Gegen mich.«

»Das schwör ich dir, Mama«, sagte ich.

»Was habt ihr denn gemacht? Wie lange war er denn da? Warum hat er nicht auf mich gewartet? Was habt ihr gesprochen? Hat er etwas über mich gesagt? Er bringt hier alles durcheinander. Was habt ihr gemacht?«

»Wir haben nur geredet. Aber nicht über dich. Er hat mich nicht ausgefragt. Das schwör ich, Mama.«

Meine Stimme klang mir fremd, zu weit vorne, es grauste mir vor dieser Stimme, fast ekelhaft war sie mir, nicht im Kopf, nur im Mund war sie. Als ob einer in meine Mundhöhle hineingekrochen wäre. Und dann noch: Ich hätte ihr doch sagen können, dass wir Schach gespielt haben oder so getan haben, als ob wir Schach spielen, ich jedenfalls. Warum habe ich ihr das nicht gesagt? Aber es ist doch komisch. Gleich als er raus war aus dem Gefängnis, noch keine hundert Schritte, schickt er sie weg, sagt, dass sie beim Bahnhof warten soll, und dann zieht er das Brett heraus, aber in der halben Woche, als er bei uns in der Küche geschlafen hat, kein Wort über Schach, und dann schleicht er sich ein, wenn sie nicht da ist, und gleich wieder Schach. Das ist doch komisch. Aber ich wusste nicht, was daran komisch sein sollte und was überhaupt an Schach sein sollte, dass man ein Geheimnis daraus macht, das wusste ich ebenfalls nicht und konnte ich mir auch nicht ausdenken.

Ich sagte etwas, um zu prüfen, ob wirklich etwas anders war mit meiner Stimme, hustete zuerst, räusperte mich, hätte am liebsten ausgespuckt.

»Der geht mich doch gar nichts an«, sagte ich. »Ich habe noch kein einziges Mal Opa zu ihm gesagt und sag es auch nicht. Das kommt mir nicht über die Lippen. Da kann er sich auf den Kopf stellen.«

»Der stellt sich nicht auf den Kopf«, sagte Mama. »Der nicht. Der nicht.«

Ich sah ihr an, was sie dachte. Das Gleiche nämlich, was ich dachte: Er wird gewinnen. Und ich sah ihr an, dass nicht viel fehlte, und sie würde anfangen zu heulen. Weil sie dachte: Er wird uns nie in Ruhe lassen.

Zwei

1

Es war ziemlich viel los in der Schule, Ende September immer. Ich will niemanden damit langweilen. Keine Einzelheiten. Mein Problem ist die Mathematik. Nicht dass ich diesbezüglich begriffsstutziger wäre als die anderen in meiner Klasse, aber ich bring es einfach nicht fertig, mich dafür zu interessieren. In den meisten Fällen ist es ja umgekehrt, nämlich dass ein Interesse mit guten Noten wächst, bei mir wächst es mit den schlechten. Wenn ich bei zwei Schularbeiten hintereinander ein *Nicht genügend* einfahre, dann beuge ich mich das nächste Mal tiefer darüber, gebe sozusagen Gas, und da schau an, bei der dritten Arbeit schreibe ich einen Zweier oder sogar einen Einser. Besser wäre allerdings ein Dreier. Warum? Weil mit dem Zweier oder dem Einser mein Interesse wieder auf null sinkt. Bei einem Dreier wäre die Suppe am Köcheln gehalten. Was soll ich darüber mehr sagen.

Mama hat es vermieden, mit mir über Opa zu sprechen. Wir führen unsere Tage weiter wie bisher. Wir denken an ihn, tun aber nichts Entsprechendes. Er meldet sich nicht. Wir melden uns nicht. An den Abenden, wenn sie nicht Dienst hat: fernsehen und essen über Spielfilmlänge, dann noch ein bisschen Blödsinn und ins Bett. Seit mir Opa eine gedonnert hat und dann aufgekreuzt ist, lässt sie mich nicht gern am Abend allein. Ich sage: »Geht schon.« Sie lächelt dankbar. Als wüsste sie, dass ich wüsste, warum sie mir dankbar ist. Seit längerer Zeit schon habe ich den Verdacht, es gibt jemanden, mit dem sie über das reden kann, worüber sie mit mir nicht kann. Auch dauert das angebliche In-der-Kantine-Sitzen seit neuestem länger. Manchmal bis zwei Uhr. Kann auch reine Kollegialität sein. Es soll aber keiner glauben, ich sei einer, der seiner Mutter keinen Freund zutraut. Oder dass ich eifersüchtig bin. Im Gegenteil. Ich brauche ja keine Angst zu haben, dass sie mich vor die Tür setzt. Oder dass der Liebhaber darauf besteht, nach dem Motto: er oder ich. Mit einem solchen würde sie abfahren, aber flott. Ich gehe ihr über alles. Wir gehen einander über alles. Ich weiß, eine Mutter kann mit ihrem Sohn nicht ihr Innerstes besprechen. Das ist von Natur aus so und gilt auch in die andere Richtung. Ich könnte mit ihr nicht meine größten Sorgen teilen. Ich meine, ich werde sie nicht teilen können, wenn sie erst einmal eintreffen, die Sorgen. Bisher hatte sich noch keine gemeldet, jedenfalls nicht dass ich wüsste. Ich verstehe darunter eine, die man mit sich allein nicht aushält. Manche Menschen halten viel aus, andere weniger, Dritte wieder mehr. Offensichtlich halte ich sehr viel aus. Denn ich habe bisher noch niemals einen Drang verspürt, mit jemandem über meine Sorgen zu sprechen. Was nicht heißt, dass ich keine Freunde habe. Wie Opa es angedeutet hat. Als ob er es mir gönnen würde, wenn ich keine hätte. Nur weil er keine hat. Wenn man Frank heißt, Frank mit a, und niemand sagt Frankie zu dir, Frankie mit ä in der Mitte und y oder ie am Schluss, dann heißt das bitte noch lange nicht, dass man keine Freunde hat.

Und jetzt zum Punkt: Ich weiß nicht, wie Opa heißt. Nicht einmal seinen Vornamen kenne ich.

Ich heiße Frank Thaler. Damit ich das hier auch einmal deponiere. Ich dachte, es sei vielleicht nicht nötig, meinen vollen Namen zu nennen, aber wer nur einen halben Namen hat, könnte selber auch nur halb sein. Dass man ihm nur die Hälfte glaubt, meine ich. Mein Vater ist mein Vater, aber er ist nicht und war nie mit Mama verheiratet. Ich heiße nach ihr. Also müsste Opa heißen wie ich, nämlich Thaler. So dachte ich. Aber nicht alles, was man denkt, ist, wie man es sich denkt.

Ein Gespräch mit Mama während eines gemütlichen Fernsehabends verlief folgendermaßen. Es war am Sonntag, eine knappe Woche nachdem er mich besucht hatte und wir die Tierfilme angeschaut und dabei Schach gespielt hatten. Mama hat in der Volksoper ausverhandelt: dass der Sonntagabend ihrem Sohn, also mir, gehört. Das nur nebenbei.

Ich sage: »Mama, ich denke, jetzt ist es Zeit, dass du mir sagst, warum Opa achtzehn Jahre gesessen hat und eigentlich sogar noch mehr gekriegt hat und immer noch sitzen würde, wenn er sich im Gefängnis nicht halbwegs gut aufgeführt hätte. Also was hat er getan?«

Sie sagt: »Das sage ich dir nicht. *Ich* sage *dir* das *nicht*. Wenn du es wissen möchtest, frag *ihn*! Ich bin neugierig, ob er es dir ins Gesicht sagt.«

»Tut er nicht«, sage ich. Ich sage das, obwohl er mich mindestens dreimal aufgefordert hatte, ihn genau das zu fragen.

»Das hat er gesagt? Dass er dir nicht sagt, was er getan hat.«

»Ja«, antworte ich.

»Ich denke«, sagt sie, »ich denke, das ist gelogen, Frank. Du traust dich in Wahrheit nicht, ihn zu fragen. Ist es so?«

»Ja, es ist so.«

»Weil du lieber in mein Gesicht schauen möchtest als in seines, wenn du es erfährst. Hab ich recht?«

»Wahrscheinlich hast du recht.«

»Ich habe recht.«

»Du hast recht.«

»Ich sag's dir aber nicht.«

»Und warum nicht?«

»Weil ich nicht in *dein* Gesicht schauen möchte, wenn ich es sage.«

»Dann lass es bleiben«, sage ich.

»Das tu ich eh«, sagt sie.

»Lass es bleiben«, sage ich.

»Tu ich eh«, sagt sie.

Im Fernseher sehen wir, wie die Kommissare Ivo Batic und Franz Leitmayr vom Münchner *Tatort* um eine leerstehende Fabrik schleichen und die Pistolen aus dem Halfter ziehen. In der Fabrik hat sich ein mieser Typ verschanzt, den wollen sie sich kaufen.

»Ich krieg's auch so raus«, sage ich. »Ich krieg's auf alle Fälle raus. Das ist nicht schwer.«

»Und wie?«, fragt Mama und sieht mich an, als wäre sie mir im Kopf schon drei Fragen und drei Antworten voraus. »Das würde mich jetzt interessieren, Frank.«

»Mama, in welcher Zeit lebst du«, sage ich und lache sie aus, tu jedenfalls so. Ich gebe zu, der Krimi im Fernsehen hat mich auf die Idee gebracht, Mama nach der Schandtat von Opa zu fragen. Ich hoffe nicht, dass er so ein mieses Schwein ist wie der Typ, der in der Fabrik so scheinheilig am Boden sitzt und den der Kommissar Leitmayr gerade aufgespürt hat. »Ich gebe seinen Namen einfach in den Google ein«, sage ich.

»Einfach in den Google ein, so.« Mama schaut mich dabei an, als hätte ich genau das gesagt, was sie sich erwartete. Auf was im Fernseher läuft, achtet sie nicht.

»Mama«, sage ich, »heute wird alles aufgeschrieben und gespeichert, und wenn einer etwas getan hat, wofür er mehr als achtzehn Jahre kriegt, dann ist das berichtenswert und steht im Netz mit vollem Namen, auch wenn es schon achtzehn Jahre her ist.«

»Auch wenn es schon achtzehn Jahre her ist, so. Und wie ist sein Name? Welchen Namen gibst du in den Google ein?«

Das war der Punkt. Das verwirrte mich. Erstens, weil ich ihre Frage nicht wirklich verstand, ich dachte ja, er heißt wie ich, Thaler, er ist schließlich mein Opa. Zweitens, weil mir erst jetzt in den Sinn kam, dass ich seinen Vornamen nicht kannte. Nicht einmal das. Soll ich »Opa« in den Google eingeben? Bin ich ein Depp? Ich schaltete den Fernseher aus. Mama protestierte nicht. Was sie unter normalen Umständen getan hätte. Wenn bei uns einer den Fernseher ausschaltet, heißt das, er ist beleidigt. Dann will der andere, dass es wieder gut ist, und schaltet wieder ein.

Ich sage: »Ich gebe Thaler in den Google ein.«

Da lacht sie laut heraus. »Thaler! Super Idee! So heißt ja fast niemand. Frank! So heißen Tausende!«

»Thaler gebe ich ein und Verbrecher. Thaler, Verbrecher.«

»Da hast du viel zu tun! Viel Spaß!«, ruft sie zur Decke hinauf, aber spaßig klingt es nicht. Und schaltet den Fernseher wieder ein.

Der miese Sauhund ist tot. Die Beine ausgestreckt, alles voll Blut, sitzt er an der Mauer. Schade. Wir haben Entscheidendes verpasst.

»Wie heißt er mit Vornamen?«, frage ich. »Du musst es mir sagen.«

»Frag ihn!«

»Mach keinen Blödsinn, Mama!«, fahre ich sie an. »Ich bin der Enkel. Du bist verpflichtet, mir den Vornamen meines Großvaters zu sagen!«

»Bin ich? Auweia! Dann zeig mich doch an!«, kichert sie. »Meine Mama sagt mir nicht, wie mein Opa heißt, so gemein! Mimimimi.«

»Ich weiß nicht, was daran lustig sein soll.«

»Soll ich dir sagen, was daran lustig ist? Willst du wissen, was daran lustig ist, Frank?«

Nun schaltet sie den Fernseher aus. Ich bin gefasst: Jetzt kommt etwas. Ist mir eh schon egal, was mit dem Batic und dem Leitmayr passiert. Obwohl es für sie schlecht aussieht. Beide schwer verletzt. Der Leitmayr einen Nagel, einen rostigen dazu, im Schenkel. Und das Arschloch hat ihn einen Stock tiefer auf den Beton gestoßen. Könnte durchaus sein, dass sie beide in dieser Folge draufgehen, der Leitmayr und der Batic. Was heißen würde, der Münchner *Tatort* braucht neue Kommissare. So gesehen wäre es saublöd, wenn wir gerade diese Folge nicht ganz gesehen hätten. Und Mama und ich müssten uns an neue Kommissare gewöhnen. Wäre uns beiden nicht recht. Außer um die Münchner täte es mir nur noch um die Wiener leid und ein bisschen um die Kölner und ein bisschen um die Dortmunder. Mama und ich schauen jeden Sonntag den *Tatort* an. Sie mag es, wenn ich die Anfangsmusik dirigiere.

»Zuerst einmal«, sagt sie und setzt sich nicht, sondern bewegt ihre Hüften, als würde sie gleich vor mir einen Bauchtanz aufführen. »Zuerst einmal: Sein Vorname ist Ferdinand.«

»Das glaube ich nicht«, sage ich. Warum glaube ich das nicht? Ferdinand, so kommt es mir vor, heißt ein Kamel in einem Kinderbuch für Vierjährige. Aber nicht einer, der achtzehn Jahre gesessen ist und eigentlich noch länger hätte sitzen sollen.

»Er heißt aber so.«

»Und was noch?«, frage ich.

»Was was noch?«

»Ja, was noch. Du hast gesagt: zuerst einmal. Wenn einer *zuerst einmal* sagt, hat er noch etwas auf Lager. Also: was noch?«

»Und du glaubst, du bist alt genug, dass ich dir sagen kann, was noch?«

»Mama«, rufe ich in die stille Küche hinein, »Mama, hör endlich auf mit dem Blödsinn!«

»Er heißt«, sagt sie, »er heißt, er heißt *nicht* wie du und *nicht* wie ich. *Nicht* Thaler. Und du und ich, wir heißen *auch nicht* so. Wir heißen in Wahrheit *nicht* Thaler. Nein, falsch. Du schon, du heißt Thaler, nämlich von Geburt an. Frank Thaler. Klingt gut, oder? Habe ich mir ausgedacht. Vorname ausgedacht, Nachname ausgedacht. Alles ich. Deine Mama.«

»Und wie heißen wir in Wirklichkeit?«

»Das eben sage ich nicht.«

So ein Drumherum, bis sie endlich mit ihrer Geschichte

herausrückt: Sie, meine Mama, hat, nachdem ihr Vater, mein zukünftiger Opa, ich war ja damals noch nicht auf der Welt und hatte logischerweise nichts damit zu tun, getan hat, was er getan hat, und eingesperrt worden ist, ihren Namen geändert. Damit man sie nicht mit ihm in Zusammenhang bringt. Das hätten die Beamten auf Anhieb verstanden. Und ihr quasi zu diesem Schritt gratuliert. Mein Papa hat lange nicht gewusst, was für einer sein Schwiegervater ist. Eigentlich, so Mama, wisse er es bis heute nicht. Wahrscheinlich wisse er es nicht. Aber heute sei es egal. Und dann noch etwas: Opa heiße ebenfalls nicht mehr, wie er vorher geheißen habe. Er habe im Gefängnis darum gebeten, schriftlich, das gehe nur schriftlich, sich draußen anders nennen zu dürfen. Man habe den Sachverhalt geprüft und sein Ansuchen bewilligt.

»So«, sagte sie, und nichts Triumphierendes und nichts Lustiges war mehr in ihrer Stimme, »jetzt setz dich vor den Computer und tippe in den Google, was dir in den Sinn kommt. *Ich* sage dir seinen echten Namen jedenfalls *nicht*. Das muss er schon selber tun.«

2

Im Oktober habe ich Geburtstag, ich sage den Tag nicht, es muss nicht jeder alles wissen, heuer fällt er auf einen Dienstag, da komme ich am Mittag nach der fünften Stunde aus meinem Gymnasium in der Rainergasse im 4. Bezirk, und über der Straße an der Hauswand lehnt er. Ein Bein angezogen, die Fußsohle hinter sich an der Wand, die Arme verschränkt,

Sonnenbrille im Gesicht, weil die Oktobersonne flach scheint und die Augenbrauen keinen Schatten werfen wie im Sommer. Diesmal hat er dunkle Sachen an. Einen Anzug. Woher er den hat? Und ein dunkles Hemd. Und eine dunkle Krawatte. Aber leuchtend weiße Sneakers. Adidas Stan Smith. Woher er die kennt? Oder er kennt sie gar nicht. Hat sich die zufällig ausgesucht, die sich sonst kein Mensch zufällig aussucht. Ich bin kein Fan. Wenn alle etwas wollen, will ich es nicht mehr. Ob das gut ist, weiß ich nicht. Ich gehe nicht zu ihm hinüber, ich schaue zu ihm hinüber. Und er schaut herüber. Genau sehen kann ich das allerdings nicht. Wegen der Sonnenbrille nicht. Aber wohin sollte er sonst schauen. Der Bruno Grassel, den ich als meinen Freund bezeichne, obwohl ich mir nicht sicher bin, ob er das seinerseits auch tun würde, fragt, ob ich den kenne. Ich frage zurück, warum. Weil er den gestern auch schon gesehen hat. Wo? Punktgleich dort drüben. Wenn ich ihn kenne, werde ich weiter ausgehorcht. Wenn ich sage, ich kenne ihn nicht, bin ich erstens ein Verräter an der eignen Verwandtschaft, was mir egal ist, was sich aber trotzdem nicht gehört, außerdem weiß ich nicht, was in Zukunft sein wird, das weiß nämlich kein Mensch, weshalb ich eines Tages vor dem Bruno Grassel als Lügner dastehen könnte, wenn ich mir nicht wieder eine Lüge ausdenke, und so geht es immer weiter.

»Er ist mein Großvater«, sage ich. Das ist erstens die Wahrheit und zweitens harmlos. Jedenfalls interessiert sich Bruno nicht weiter für ihn. Dass der Großvater seinen Enkel von der Schule abholt, daraus lässt sich keine Geschichte drehen. Ich kann die Straße überqueren und muss nicht denken, man schaut mir nach.

»Was willst du?«, frage ich und werde genauer: »Was willst du von mir?«

»Dir zum Geburtstag gratulieren«, antwortet er. »Hast du doch heute, oder? Oder hast du gestern gehabt? Heute, ha? Ein Gesicht wie einer, der Geburtstag hat. Heute, ja.«

»Wer hat dir gesagt, dass ich Geburtstag habe?«

Er antwortet nicht, deutet nur mit dem Zeigefinger auf seine Brust. Ich nehme an, das soll heißen: mein Gefühl. Das halte ich für einen Quatsch. Kein Gefühl weiß, wann jemand Geburtstag hat.

»Also, dann tu's!«, sage ich.

»Was soll ich tun?«

»Mir zum Geburtstag gratulieren.«

»Nichts überhasten«, sagt er. Rührt sich nicht von der Stelle. Arme immer noch verschränkt, das linke Bein immer noch angewinkelt, immer noch die Sohle an der Mauer. Die Brillengläser sind grüne Spiegel. Ich kann darin meine Mitschüler auf der gegenüberliegenden Straßenseite sehen, verzerrt wie im Spiegelkabinett beim Prater. Aber ich kann sehen, dass sie nicht zu mir herüberschauen. Immerhin.

»Gut«, sage ich. »Sollen wir hier stehen bleiben und warten?«

»Worauf warten?«

»Auf nächstes Jahr. Dann kannst du mir gleich zweimal gratulieren.«

»Frankie, der Witzbold, ha?«

»Ich weiß«, sage ich und weiß nicht, warum ich das sage, »dass du Ferdinand heißt.«

»Gibt es dagegen etwas einzuwenden?«

Ich will das mit dem Kamel und dem Kinderbuch anbringen, sage es aber nicht. Stattdessen frage ich: »Kann ich jetzt gehen?« Geplant hätte es frech klingen sollen, wie: »Ist sonst noch etwas?« Es hätte so klingen sollen, als würde ich mich nicht im Geringsten für ihn interessieren. Aber es klang wie eine echte Frage. Als echte Frage klingt es ängstlich. Also denkt er, ich habe Angst. Und ich denke, genau das will er. Dass ich Angst habe vor ihm.

»Du bist nicht gut angezogen«, sagt er.

»Mir gefällt's«, sage ich.

»Die Sachen, die du anhast, sind beschissene Sachen«, sagt er.

»Das geht dich nichts an«, sage ich.

»Ja, ja, ja. Ich sehe, ihr habt alle solche beschissenen Sachen an. Schaut ihr nicht auf euch? Ist der da drüben dein Freund? Mit dem du über mich geredet hast? Sag jetzt ja nicht, ihr habt nicht über mich geredet. Der mit der beschissenen Trainingshose mit den beschissenen weißen Streifen und der Deppenfrisur. Schaut der nicht auf sich? Wie heißt er!«

»Was ist bei dir eigentlich nicht beschissen?«, sage ich.

»Ich habe dich gefragt, wie er heißt, der beschissene Typ, der sich einbildet, er könnte sich das Maul verreißen über mich. Was gibst du dich mit solchen Deppen ab, Frankie! Der soll dich doch arschweise am Kreuz! Was hat er über mich gesagt? Was hat er gesagt. Wörtlich, bitte! Damit ich ihn gleich richtig zitiere.«

»Kein Mensch redet über dich«, sage ich. Und das sage ich nicht, um ihn zu beruhigen, sondern um ihn zu kränken. Weil ich das absolut kränkend finde, wenn kein Mensch über einen redet. Das finde ich das Kränkendste überhaupt. Dann könnte man gleich zu so einem sagen: Dich gibt es nicht. Und das wollte ich sagen, genau das. Achtzehn Jahre hat es ihn nicht gegeben, und jetzt ist er keine drei Wochen draußen, da sagt der eigene Enkel zu ihm: Dich gibt es nicht. Das ist bitter und soll es sein.

Der Bruno Grassel steht jetzt bei zwei anderen aus meiner Klasse, der eine heißt Claude, der zeigt manchmal im Klo seinen Schwanz herum, weil er schwarze Haare hat, der andere ist der Paulus Fraczyk, über ihn weiß ich fast nichts, grad, dass er eine englische Mutter hat oder eine aus Irland und sich logischerweise leicht tut in Englisch.

»Was reden die?«

»Woher soll ich das wissen?«

»Es sind deine Freunde.«

»Es sind nicht meine Freunde.«

»Geh hinüber und sag ihnen, sie sollen aufhören über uns zu reden.«

»Sie reden nicht über uns.«

»Sonst geh ich hinüber. Sag einfach, sonst komme ich. Nicht mehr. Die Fantasie soll ja auch etwas zu tun haben. Oder haben die keine Fantasie? Die Fantasie ist frei! Hier hat doch jeder eine staatlich geprüfte Fantasie, oder?«

»Du redest über sie«, sage ich, »sie reden nicht über uns.«

Jetzt nimmt er den Fuß von der Wand und die Arme aus der Verschränkung. Er ist das Arschloch, aber er ruft zu ihnen hinüber: »He, ihr Arschlöcher! Wisst ihr, was ein richtiges Arschloch ist?«

Und Claude ruft zurück: »Du!«

Und Opa: »Was? Red deutlicher! Man versteht dich hier nicht. Was hast du gesagt?«

»Dass du! Ein richtiges Arschloch!«

»Einer, der das begreift!«, ist die Antwort, und schon wiegt er sich in der Hüfte, nämlich genau, wie es Mama tut, wenn sie gleich etwas sagt, was wie eine Trumpfkarte sein soll, die sticht, als wäre das Vererbung. »Aber weißt du auch, woran man ein richtiges Arschloch, wie ich eines bin, erkennt?« Und damit bewegt er sich langsam über die Straße, schaut nicht nach links und nicht nach rechts, es hätte ja ein Auto kommen können, inzwischen gibt es lautlose Elektroautos, die hat es vor achtzehn Jahren noch nicht gegeben. Der Bruno Grassel und der Paulus Fraczyk machen sich davon, scheinheilig langsam, gleich schneller. Der Claude aber bleibt stehen, wo er steht, und mir flitzt der Gedanke durch den Kopf, ob das so ist, wenn man Haare am Sack hat, ob man dann gleich auch mehr Mut hat. Und schon haben sich die beiden im Aug, und Opa sagt, und dabei spricht er so laut, dass ich es bequem soll hören können, und seine Stimme ist nun fast sogar freundlich, nicht lauernd freundlich, wie man meinen könnte, sondern freundlich, von oben herunter spricht er, weil er einen Kopf größer ist als Claude: »Du willst also wissen, woran man ein richtiges Arschloch erkennt. Nicht irgendein Arschloch, sondern ein richtiges. Das will ich dir sagen. Man erkennt ein richtiges Arschloch daran, dass es ein richtiges Arschloch erkennt. Das kapierst du, ja, das kapierst du. Du erkennst mich, ich erkenne dich. Und jetzt schieb ab!«

Und Claude schob ab.

Das war Opas Art, mir zum Geburtstag zu gratulieren. Ich

fragte ihn nämlich, als er wieder zu mir herüberkam. Ich fragte: »Ist das deine Art, mir zum Geburtstag zu gratulieren?« Und er sagte, ja, das sei seine Art.

3

Ich ließ ihn stehen. Drehte mich um. Ich habe eh keinen besonders guten Stand in der Klasse, und der macht das Letzte aus mir. Mitten in seinem Wort drehte ich mich um und ging davon. Mit einem kalten Gefühl im Kopf. Als wär Durchzug von Ohr zu Ohr. Mitten im Wort, das war die böseste Absicht. Der Letzte zeigt einem anderen, dass er der Allerletzte ist. Ich ging, wie ich immer gehe. Nicht anders. Nicht schneller, nicht gebückt, aber auch nicht übertrieben aufrecht. Einmal schaute ich zurück. Er stand auf dem Gehsteig und sah mir nach. Die Arme hingen an ihm herunter, als wären sie oben unter dem Jackett an dünnen Fäden angemacht. Die Brillengläser waren zwei glosende Brandlöcher in seinem Gesicht. Diese hohe, gerade Figur, diese dünne Figur. Es war nicht lange her, da hatte ich gedacht, er lässt Mama und mich nie mehr in Ruhe, nie und nimmer, er zieht seine Schuhe in unserer Wohnung aus, streckt seine Füße mit den weißen Socken unter unseren Küchentisch, und ich wusste, Mama wird sich bis in ihren Schlaf hinein fürchten, und ich fürchtete mich auch, und alles Mögliche war mir eingefallen, wenn ich bei ihr im Bett lag und so tat, als schliefe ich, und merkte, dass sie auch so tat. Wie wir ihn loswerden könnten. Vielleicht mit der Hilfe von Mamas Freund, den es vielleicht gar nicht gibt, vielleicht aber doch, und ob der vielleicht einer ist, der kurzen Prozess macht, wenn es darauf ankommt, und das, ohne uns mit hineinzuziehen. Das war jetzt erledigt. So wie er am Gehsteig stand, so steht ein Verlierer auf seinen Beinen. Auch wenn er großtut und sie spreizt. Er ist ein Verlierer. Ich wollte mich nicht mehr nach ihm umdrehen. Das war auch nicht nötig. Warum sollte ich? Der würde mir nicht folgen. Das war einmal. Aus. Vorbei. Sein Geburtstagsgeschenk bestand darin, dass er uns in Zukunft in Ruhe lässt. Für mich gab es nur eines noch zu überlegen: Sollte ich Mama davon erzählen oder nicht. Ich entschied mich, es nicht zu tun. Es wäre mit Mitleid ihrerseits zu rechnen. Mitleid und Rührseligkeit sind eine Mischung, auf die sie abfährt. Das brauchen wir nicht.

Warum ich drei Tage später tat, was ich tat, kann ich nicht begründen. Und ich kann mich auch nicht darauf hinausreden, es sei so ein schneller Gedanke gewesen, der einen manchmal ebenso schnell etwas tun lässt, was man dann nicht mehr rückgängig machen kann. Ich hatte viel Zeit zum Nachdenken und hätte viel Zeit gehabt, den Rückwärtsgang einzulegen. Es war der Freitag darauf, da ging ich mittags nach der Schule nicht nach Hause und kochte nicht Spinat mit Spiegelei und Petersilienkartoffeln, also fleischlos, weil Mama dem alten Aberglauben anhängt, man dürfe am Freitag kein Fleisch essen, wogegen ich nicht das Geringste einzuwenden habe, von mir aus würde es überhaupt nie Fleisch geben, höchstens manchmal einen Leberkäse, den ich in der Pfanne, zusammen mit einem Spiegelei, anbrate, ich ging also nicht nach Hause, sondern mit der Schultasche auf dem Rücken quer durch die Stadt, ich bin nicht mit der U-Bahn gefahren, ging zu Fuß bis in die Brigittenau, man kann sich denken, wohin ich ging. Genau. Zu ihm.

Er war nicht da. Ich klingelte und klopfte. Seinen Namen hat er nicht über die Klingel schreiben lassen. Ich sah durch die Milchglasscheibe keinen Schatten, und ich hörte nichts. Ich drückte die Nase ans Schlüsselloch. Ob ich etwas rieche. Ich setzte mich auf die Stiege und wartete. Und versuchte herauszukriegen, warum ich tat, was ich tat. Nämlich, was ich von ihm wollte. Es gibt nichts, was ich von ihm wollen könnte. Ich bin nicht anfällig für Aberglauben und Mitleid und Rührseligkeit. Mitleid habe ich bisher nur Tieren gegenüber gespürt, und das nur vor dem Fernseher. Zum Beispiel als ein Leopardenjunges vom Baum gefallen und Beute der Hyänen geworden ist. Da hatte ich mit der Leopardenmutter Mitleid, und das, obwohl, wie ich schon sagte, meine Sympathie eigentlich bei den Hyänen liegt. Ausnahmsweise zeigten sie in dem Bericht haarklein, wie die Hyänen das Leopardenkind zerrissen. Erst mit einem Biss den Kopf ab und dann das Fell zerfetzt, sogar die Eingeweide hat man gesehen, die waren blau, zwei Hyänen haben sich darum gestritten. Der Leopardenmutter blieb nichts anderes übrig, als vom Baum aus zuzuschauen. Da hat sie mir leidgetan. Und ich habe gedacht, wie das für meine Mama zum Beispiel wäre, wenn sie, sagen wir, vom äußeren Gangfenster aus zuschauen müsste, wie zwei Verbrecher unten im Hof mich zerreißen, und sie auf einmal Dinge von mir sieht, die sie nie gesehen hat und die ihr völlig fremd sind, obwohl sie weiß, dass sie zu mir gehören, ich meine meine Därme aus dem Bauch, und wenn sie mir in den Stumpf vom Hals schauen könnte, wo mein Kopf abgerissen wurde, und sie meinen Kopf sähe, der danebenliegt mit offenen Augen, der Kopf von dem Leopardenkind war nämlich danebengelegen, und seine Augen waren offen.

Mitleid hatte ich mit Opa nicht. Weswegen Mitleid? Weil er so sehr mit sich selber einsam sein könnte in dieser beschissenen Wohnung? Er war achtzehn Jahre allein in einer beschissenen Zelle gesessen. Das kann er. Mitleid, weil er bald sterben wird? Bald im Vergleich mit der langen Strecke, die ich wahrscheinlich vor mir habe. Weil er aus seinem Leben nichts gemacht hat außer einen riesengroßen Blödsinn und es jetzt zu spät ist? Darauf lautet meine Antwort: *Er* hat es gemacht. Kein anderer ist schuld. *Er.* Ich nehme an, er sieht es genauso. Und was die Rührseligkeit betrifft, so ist das nur peinlich. Es ist nicht peinlich oder jedenfalls weniger peinlich, wenn eine Mutter gegenüber ihrem vierzehnjährigen Sohn rührselig ist, aber wenn derselbe Vierzehnjährige seinem Opa gegenüber rührselig ist, weil der achtzehn Jahre im Gefängnis war, und zwar mit ziemlicher Sicherheit, nachdem er etwas Schreckliches getan hat, dann wäre das peinlich. Dann hätte ich mir selber einen Tritt in den Hintern gegeben, dass es mich die zwei Stockwerke über die Stiege hinunterhaut. Also warum habe ich ihn aufgesucht?

Meine Antwort lautet: Langeweile und Neugierde.

Ich war eingeschlafen. Zur Seite gekippt, die Schultasche als Kopfkissen, den linken Oberarm als Zudecke. Ich wache auf, weil mich jemand am Kopf kratzt. Und mit den Fingernägeln tut, als hätte ich Läuse. Das kenne ich von Mama.

»Hat sie dich rausgeschmissen?«, fragt er.

Es ist dunkel. Es muss Abend sein. Ich sehe nur seinen schwarzen Umriss. Und rieche seine Zigarette. Seine Stimme ist friedlich.

»Also. Komm. Ich gebe dir Asyl. Ich habe Salami.«

Er sperrt auf, und ich folge ihm. Er schaltet das Licht an.

»Schau«, sagt er. »Das habe ich selber gemacht.«

Der Lichtschalter ist ein Dimmknopf. Wie Mama in ihrem Schlafzimmer einen hat. Er dreht auf gemütlich.

»Oder willst du heller?«

»Geht schon«, sage ich.

»Den habe ich mir gekauft und selber eingebaut. Nicht schlecht, oder? Werkzeug habe ich mir auch gekauft. Ich habe gedacht, es wäre gut, wenn du mir helfen würdest, aber dann habe ich es selber gemacht. Nicht schlecht, oder? Nicht beim Einbauen, dass du mir hilfst. Eher beim Einkaufen. Aber nicht schlecht, oder?«

»Nicht schlecht«, sage ich.

»Hast du ihr gesagt, dass du zu mir gehst? Ruf sie an. Sie verdient nicht, dass sie Angst hat. Und sie hat Angst. Seit ich draußen bin, hat sie Angst. Sag ihr, du bist bei mir. Sie soll sich keine Sorgen machen. Sag ihr, wir spielen zwei Partien Schach. Du verlierst, ich gebe dir Revanche. Wenn du willst, kannst du bei mir schlafen. Du kannst im Bett schlafen, ich lege mich hier auf die Bank. Diese Scheißangst. Aber du, hör zu, ich versteh, dass sie vor mir Angst hat.«

Ich rufe Mama an und sage, dass ich später komme. Ich sei bei einem Freund. Sie, sagt sie, sei noch in der Volksoper. Ihre Stimme ist zittrig in die Höhe hinauf am Ende jedes Satzes. Den Haufen, den es zu nähen gebe, könne ich mir nicht vorstellen. Sie sagt, dass sie auch erst später kommt. Den Haufen kann ich mir nicht vorstellen. Aber etwas anderes kann ich mir vorstellen. Ich nehme mir vor, mit ihr demnächst deutlich zu reden: dass sie vor mir keine Geheimnisse zu haben braucht.

»Meines ist besser«, sagt er. »Habe ich recht?«

»Es ist nur neuer«, sage ich, »die sind alle gleich gut«, und schalte auf Flugmodus und stecke das Handy in die Schultasche.

4

Ich habe mich getraut.

Und er lässt keine Pause nach meiner Frage. Kein Seufzer kommt aus seiner Brust. Auf der Stirn sehe ich die Ader, senkrecht, die einen dünnen Faden Schatten wirft, kein Stirnrunzeln. Womit ich doch gerechnet hatte. Er hat auch gerechnet, nämlich damit, dass ich frage. Gelauert hat er. Ich fasse zusammen und erzähle, wie und was er erzählt hat, die Pointe verrate ich erst am Schluss, ich wusste die Pointe ja auch erst am Schluss. Er hat drei Morde begangen. In einer Nacht.

Sie waren zu zweit. Eigentlich zu dritt. Der dritte hätte im Auto auf sie warten sollen. Hat er aber nicht. Er ist davon. Er ist davon, als er die Schüsse gehört hat. Es war nämlich ausgemacht worden, dass nicht geschossen wird. Das heißt, es hätte schon geschossen werden sollen, aber nur auf die Lampe und auf die leuchtende Tafel in der Filiale, auf der für die Angebote der Bank geworben wurde. Damit das Glas heruntergekracht und einen Lärm macht. Lärm schüchtert ein. Der hat sich einfach angeschissen. Panik oder so. Etwas für den Psychologen. Der Plan war so: Knapp vor Mittag betreten die zwei die Bank, passen vorher ab, dass sie die Einzigen sind, der eine geht zu diesem Schalter, der andere zu dem anderen, nur zwei Schalter sind in der Bank. Gleichzeitig schreien sie, der eine den Mann hinter dem Schalter an, der andere die Frau, sie sollen die Hände ausstrecken und auf den Schaltertisch legen. Dann schreit der eine die Frau an, sie soll zu ihrem Kollegen gehen und sich neben ihn stellen. So laut und verrückt schreit der eine, dass die Frau glauben soll, er ist wirklich verrückt und alles ist ihm zuzutrauen, und schon schießt er hinauf zur Lampe, dass die Scherben nur so herunterregnen, und auf die Werbetafel schießt er auch gleich. Der andere schnauzt ihn an, er soll nicht schießen, es sei doch ausgemacht worden, dass nicht geschossen wird. Eines habe ich vergessen, was man aber eigentlich gar nicht zu erwähnen braucht: Sie haben Masken getragen. Und dass der andere den einen anschnauzt, das war ausgemacht. Damit der Mann und die Frau hinter dem Schalter tatsächlich denken, der eine ist ein Verrückter, und noch mehr Angst haben. Das hatten sie auch. Sie legten sich auf den Boden. Und dann hat der andere das Geld abgeräumt. So viel eben da war. Sie wussten vorher, dass nicht viel da sein wird. Schon viel, aber nicht so viel, wie jemand Normaler denken könnte. Der Verrückte hat derweil die Frau und den Mann mit der Waffe bedroht, über ihnen stand er und hat herumgeschrien und mit dem Revolver gefuchtelt und manchmal dem Mann und manchmal der Frau die Mündung ins Genick gedrückt, aber alles nur Show. Und dann sind sie ab, und der dritte mit dem Wagen war weg. Also sind sie zu Fuß mit den

Rucksäcken voll Geld davon. Und das ging gut. Sie haben sich dort versteckt, wo ausgemacht war, dass sie sich verstecken. Ebendort, wo sie der dritte mit dem Auto hätte hinfahren sollen. Sie haben das Geld versteckt und sind mit verschiedenen Taxis zu dem einen nach Hause gefahren und haben zu seiner Frau gesagt, es hat alles funktioniert, nur der dritte, der sei abgehauen. Und den suchen sie jetzt, und wenn sie ihn finden, kriegt er, was er verdient. Aber die Frau von dem einen, die ähnlich verrückt war wie der eine, wollte unbedingt mit, sie wollte unbedingt sehen, wie der dritte kriegt, was er verdient. Also haben sie die Frau mitgenommen.

»Du warst der dritte«, sage ich. »Habe ich recht? Und sie haben dich gefunden, und dann hast du sie erschossen.«

»Genau.«

Er steht auf, holt aus dem Waschbecken eine kleine Schale, einen Rasierpinsel und einen Schaber. Er lässt wenig Wasser in die Schale rinnen, drückt aus einer Tube Rasiercreme dazu und verrührt das Ganze mit dem Pinsel zu einem Schaum, streicht sich das Gesicht damit ein und setzt sich wieder zu mir an den Tisch, weiß wie ein Clown.

»Die Frau auch?«, frage ich.

»Warum soll man einen Unterschied machen? Wie rasierst du dich, mit Spiegel oder ohne?«

»Ich rasiere mich gar nicht. Ich bin erst vierzehn.«

»Einmal heißt es, Frauen und Kinder zuerst, wenn es um etwas Gutes geht, und dann wieder soll man nicht, wenn es um etwas Schlechtes geht. Ich rasiere mich ohne Spiegel, mit den Fingern greift man besser, als man mit den Augen sieht. Das gilt in vielen Fällen.«

Und jetzt lacht er, fährt sich mit dem Zeigefinger über die Wange und tupft mir Rasierschaum auf die Nase. »Du bist ein Idiot«, sagt er und lacht weiter, was aber nicht wie Lachen klingt, sondern wie, ich weiß nicht, womit ich es vergleichen könnte. »Ein Vollidiot bist du sogar«, sagt er. »Ich war keiner von den dreien. Und die Frau war ich auch nicht.«

Er hat mich angelogen, hat sich die Geschichte ausgedacht und kann nicht aufhören zu lachen. Reißt die Hände in die Luft hinauf, in der einen den Schaber, in der anderen den Pinsel, Schaumflocken fliegen davon, wippt auf dem Küchenstuhl, nur die Füße bleiben, wo sie sind in ihren Socken, brav parallel nebeneinander, habt acht. Dann rasiert er sich, ohne Spiegel, den Schaum vom Schaber klopft er in die Schale zurück, zum Schluss wischt er sich das Gesicht mit dem Handtuch ab.

»Jetzt du«, sagt er.

»Was ich?«

»Rasier dich! Das tut gut.«

»Ich kann mich nicht rasieren, ich habe das noch nie gemacht.«

»Dann rasiere ich dich.«

»Ich habe noch keinen Bart.«

»Wenn du dich nicht rasierst, kriegst du nie einen. Wusstest du das nicht?« Er reinigt Schaber und Schale und rührt neuen Schaum an. »Bevor einem ein Bart wächst, muss man sich wenigstens einmal rasiert haben. Sonst bleiben die Haare unter der Haut. Hast du das nicht gewusst?«

»Nein, das habe ich nicht gewusst. Weil es nämlich nicht stimmt.«

Aber schon beginnt er, meine Wangen, das Kinn und die Oberlippe mit Schaum zu bestreichen. Und während er weiterspricht, rasiert er mich. Sehr sorgfältig. Als ob da etwas wäre.

Er hat gar keine Bank überfallen. Er hat etwas ganz anderes getan. Das sei der Witz im Gefängnis. Wenn einer den anderen fragt, was er getan hat, dann wird irgendetwas erzählt. Nur nicht die Wahrheit. Das ist dann wie Fernsehen oder Bücherlesen. Am liebsten beim Mittagessen, alle hören zu, auch die Wärter, sogar Wettbewerbe hat es gegeben. Er könnte ein dickes Buch schreiben mit den Geschichten, die er gehört hat. Die meisten Geschichten sind purer Blödsinn, langweilig und deppenhaft. Trotzdem bleiben noch genug super Geschichten übrig, dass ein dickes Buch daraus werden könnte.

»Kannst du dir vorstellen, dass man mit so einem Buch Geld verdienen kann? Ein echter Knacki erzählt aus dem Knast. Würde ein Deutscher sagen.«

Einem Deutschen allerdings sei nie eine gute Geschichte eingefallen. Die besten Geschichten hätten die Serben auf Lager gehabt. Weil die am besten lügen. Ich könnte ihm beim Schreiben helfen. Was ich davon halte?

»Halbe-halbe.«

Ich sei sicher gut im Rechtschreiben, er nämlich nicht. Nur die Idioten erzählen, was sie wirklich getan haben. Und nur die Vollidioten glauben, was man ihnen erzählt. So gesehen sei ich der Vollidiot in der Geschichte, die er mir aufgebunden hat.

Er ist fertig mit dem Rasieren, dem unnötigen. Meine Wangen und meine Oberlippe brennen. Er wirft mir das Handtuch zu.

»Du lachst«, sage ich, »und zwar darum lachst du, es war nämlich etwas viel Schlimmeres, was du getan hast. Habe ich recht? Schlimmer noch, als wenn du die Frau und die beiden Männer umgebracht hättest. Habe ich recht?«

»Ich habe keine Ahnung, was du meinst«, sagt er. »Was wäre schlimmer, als drei Leute umzubringen? Ich sage, ab drei Leute umbringen an einem einzigen beschissenen Abend ist alles Weitere ungefähr gleich schlimm. Oder liege ich falsch? Bin ich jetzt der Idiot? Leider habe ich keine staatlich geprüfte Fantasie wie du. Also sag mir, was ist schlimmer? Ich würde es gern wissen. Ehrlich, ohne Witz. Sag's mir! Ich habe leider kein Rasierwasser. Habe ich vergessen zu besorgen. Dabei habe ich mich so gefreut darauf. Weniger auf den Geruch als auf das Brennen. Im Gefängnis kriegst du kein Rasierwasser. Die fürchten, du säufst das. Frankie, tun wir so, als säßen wir beide, beide in einer Zelle, und du erzählst mir, warum du sitzt. Trau dich, Frankie. Du tust, als wärst du ich und erzählst, was du dir denkst, was ich getan habe. Aber was du dir wirklich denkst. He, Frankie, ich bin gespannt!«

Dass ich das nicht weiß, sage ich, und auch nicht wissen möchte. Ich drehe den Hahn auf und halte mein Gesicht unter den Wasserstrahl und schwemme die Reste der Seife weg. Dass ich überhaupt nichts mehr wissen will, sage ich. Dass es mir sauleid tut, dass ich hergekommen bin. Dass mir zum Kotzen ist. Mir war wirklich zum Kotzen. Allein schon wegen dem Geruch hier, Geruch plus Rasierseife. Ich bin aufgesprungen und aus dem gedimmten Licht der Küche in das grelle Licht vom Badezimmer gerannt und habe es gerade noch geschafft, den Klodeckel aufzumachen, und dann habe ich mich leer gekotzt.

Ich dachte, aus mir könnte nie mehr ein glücklicher Mensch werden. Ich kniete vor der Klomuschel, und alles Mögliche fiel mir ein, lauter Dinge, die nichts miteinander zu tun haben, mein Fahrrad, als ich ein Kind war, zum Beispiel, ein blaues, das drei Räder hatte, das man umbauen konnte in ein Zweirädriges, irgendwann habe ich es irgendwo stehen lassen, dann war es weg, und mit einer Lederschultasche, die mir Mama geschenkt hat, war es genauso, die hat mir nicht gefallen, und die war auch irgendwann weg, alles so traurig, was weg ist und nicht wiederkommt. Da musste ich gleich noch einmal kotzen, aber es kam so gut wie nichts mehr. Ich hatte nichts im Magen. Seit dem Frühstück hatte ich nichts gegessen, nur ein Red Bull in der Schule getrunken, so eines steckt mir Mama am Morgen immer in die Schultasche. Von der aufgeschnittenen Salami hatte ich nichts genommen, ich wusste nur, ich durfte, wenn ich gleich in die Küche zurückkehre, nicht auf den Tisch schauen, wo die Wurst auf dem Teller liegt, die Rädchen sauber im Kreis aufgereiht, eines das andere zur Hälfte überdeckend, so sei es ihnen im Gefängnis beigebracht worden, wenn sie reihum drankamen, das Aufsichtspersonal zu bedienen, wenn ich jetzt die Wurst anschaue, werde ich gleich noch einmal kotzen, irgendein gelber Schlatz würde herauskommen aus mir.

Er saß da, wie ich mir nicht vorstellen konnte, dass er nicht dasäße: lang ausgestreckt, die Füße in den weißen Socken unter dem Tisch und so weiter.

»Das ist zum Kotzen, du hast recht«, sagte er. »Ich kann leider nicht kotzen. Aber wie ich gehört habe, hast du eh für mich mitgekotzt. Mensch, kannst du kotzen! Fühlst du dich besser?«

»Geht schon«, sagte ich. »Aber bitte erzähl mir nicht, was du wirklich getan hast. Bitte nicht!«

»Ich rede nur, wenn mich einer fragt«, sagte er.

»Ich frag nicht«, sagte ich.

»Irgendwann wirst du wieder fragen. Soll ich wetten?«

»Ich frage nie wieder! Weiß es Mama?«

»Und schon fragst du.«

»Weiß es Mama?«

»Ist es eine Frage?«

»Nein.«

»Dann ist es gut.«

»Gut ist es nicht. Spinnst du! Was soll gut sein? Was bitte soll gut sein?«

»Ich nehme an, du willst jetzt gehen. Entschuldige, wenn ich sitzen bleibe.«

»Ja, jetzt gehe ich.«

»Dann geh!«

»Ja, ich geh.«

Ich ging.

5

Ich vergaß, dass ich mein Handy auf Flugmodus gestellt hatte. Mama war schon zu Hause. Sie hat angerufen und mir auf die Box gesprochen, dass sie doch früher kommt, und ich habe nicht abgenommen. Da hat sie Angst gekriegt. Es ist eben genau so, wie Opa selber gesagt hat, nämlich dass sie ständig Angst hat, seit er draußen ist. Fünfzehn Anrufe in Abwesenheit. Die ersten vier Nachrichten auf der Box habe ich mir angehört. Gekeucht und fast geschrien hat sie. Beim vierten Mal nur noch mein Name. »Frank, Frank, Frank!« Einmal sogar: »Frankie!«

Als sie meinen Schlüssel in der Tür hört und ich das Licht anschalte, rennt sie in den Flur und auf mich zu und umarmt mich und weint und küsst mich ab, dass mein Gesicht hinterher nass ist.

»Menschenskind«, sage ich.

»Mir ist alles Mögliche durch den Kopf«, sagt sie und wieder: »Frank, Frank, Frankie!«

»Zum Beispiel«, sage ich, »dass er mich umbringt? Hat er nicht.«

Was sie versäumt habe, nämlich mit mir auf meinen Geburtstag anzustoßen, sagt sie und weint und lacht nun gleichzeitig, das könnten wir doch jetzt nachholen, drei Tage später gilt noch. Im Kühlschrank sei eine Flasche Prosecco.

Die Frage, ob ich bei ihm gewesen sei, erübrigt sich. Logisch. Und zu fragen, warum ich bei ihm war, traut sie sich nicht.

Sie sagt Sätze wie: »Ich habe den Prosecco für mich entdeckt.« Mich stört daran nicht der Prosecco und dass ich denken könnte, sie trinkt zu viel, sondern das Ich-habe-für-mich-entdeckt. Es kommt mir so beflissen vor. Was meine ich damit? Streberhaft. Als ob sie zusammen mit dem Prosecco entdeckt hätte, wie man sich sonst noch ausdrücken kann. Ich möchte fuchtig werden, wenn ich den Satz vor mich hin sage. »Ich habe den Prosecco für mich entdeckt.« Er kommt mir nachgeredet vor. In der Kantine in der Oper hat einer gesagt: Ich habe den Prosecco für mich entdeckt. So stelle ich mir das vor. Und sie plappert es nach. Warum bin ich so schlecht gelaunt? Ich stammle herum und sollte mich besser über meine Sätze ärgern als über ihre. Ich plappere ja auch nach. Jeder plappert nach. Sonst müsste jeder für sich das Sprechen neu erfinden. Dann käme die Menschheit überhaupt nie vorwärts. Trotzdem: Neben einigen anderen guten Dingen habe ich auch den Prosecco für mich entdeckt. Ist das gemeint? Die anderen guten Dinge zu erraten, fällt nicht schwer. Sie hat sich verliebt. Prompt hat sie ein schlechtes Gewissen mir gegenüber. Darum dreht sie durch, wenn sie mich nicht gleich ans Handy kriegt. Wenigstens habe ich Angst um ihn. Obwohl ich mich verliebt habe, bin ich eine gute Mutter, Beweis: Ich habe Angst um meinen Sohn. Braucht sie nicht zu haben. Wenn man in jemanden verliebt ist, redet man gern nach, was er sagt. Ich war zwar noch nie verliebt, aber ich denke, es ist so. Sie hat sich also in einen verliebt, der irgendwann den Prosecco entdeckt hat. Auch gut. Nichts dagegen. Ich habe nicht schlechte Laune, weil sich Mama in jemanden verliebt hat. Das stört mich nicht. Ich wiederhole: im Gegenteil. Ein idealer Zustand für mich wäre: Sie mag mich, aber sie braucht mich nicht mehr. Damit wäre uns beiden geholfen. Wenn mir ihr Geliebter die Hand hinhält, nehme ich sie. Ich weiß, das Natürliche wäre, dass ich ihn mit meinem Vater vergleiche. Tu ich nicht. Abgesehen davon, dass der Geliebte dabei nur gewinnen könnte. Nicht weil mein Vater böse gewesen wäre zu uns. Er war einfach nicht. Letztlich war mir auch damit geholfen. Und Mama auch. Er war so sehr nicht, dass ich nicht schwören könnte, ihn zu erkennen, wenn ich ihm auf der Straße begegnete. Und wir wüssten beide nicht, was wir sagen sollten. Mir wäre recht, wir würden ausmachen, in Zukunft so zu tun, als wären wir nicht Vater und Sohn. Wieder muss ich sagen: Damit wäre uns beiden geholfen, ihm und mir. Und Mama auch.

Als sie mit mir in mein Zimmer geht, um mich für die Nacht zu küssen, sage ich zu ihr: »Mama, wenn du einen Freund hast, in den du vielleicht sogar verliebt bist, dann ist das völlig in Ordnung, ich habe nichts dagegen.«

Und sie sagt bloß: »Aha, du hast nichts dagegen.« Küsst mich und ist draußen.

Ich schlafe gleich ein.

Ich habe mich vor dem Bett gefürchtet, das gebe ich zu, ich habe gefürchtet, es schaut mich an und sagt: Komm du, komm du, ich mach dich fertig heute Nacht! Als wäre unter der Zudecke ein Kino mit Albträumen eingerichtet und das Bett wäre der Billeteur. Was natürlich ein Blödsinn ist. Aber gescheites Denken nützt in solchen Fällen nichts. Ich kenne das von Fiebernächten her. Zum Glück gibt es in unserer Wohnung nicht nur eine Schlafmöglichkeit, und tatsächlich ist es besser geworden, wenn ich mein Polster und die Zudecke genommen und in die Küche getragen und mich dort niedergelegt habe. Zu Mama ins Bett bin ich bei solchen Gelegenheiten nicht. Ich wusste, das will sie nicht. Obwohl sie das Gegenteil sagt. Wenn ich krank bin, zapple und schwitze und rede ich wirr. Schon als ich klein war, wollte ich in dieser Lage mich niemandem zumuten. Zur Verteidigung meines Bettes muss ich sagen, dass auch das Sofa in der Küche mich nach zwei Nächten so angeschaut hat, als würde es sich darauf freuen, mich in der Nacht zu quälen. Dann bin ich eben wieder in mein Zimmer zu meinem Bett zurück, und irgendwann war sowieso alles wieder gut und ich gesund.

Ich will damit sagen, nach dem Besuch bei Opa und nach seiner Lügengeschichte, vor allem aber nach dem, was ich mir als Wahrheit ausdenken durfte, rechnete ich mit Albträumen oder Schlaflosigkeit, dass ich mir grad aussuchen kann, was von beiden. Dass ich zum Beispiel die Wahrheit träume. Aber nichts. Ich schlief gleich ein und schlief tief. Wie ein Murmeltier. So sagt man. Und ich plappere es nach.

An dieser Stelle muss ich etwas zur Geografie unserer Wohnung sagen. Sonst könnte das Folgende unglaubwürdig herüberkommen.

Unsere Wohnung ist, Mama sagt dazu: zerschnitten. Das liegt daran, dass sie ein knappes Drittel einer früher sehr großen Wohnung ist. Von der Küche gehen drei Türen ab, eine in den Flur, eine in Mamas Schlafzimmer und eine ins Bad. Die Küche ist gemütlich und geräumig, wie gesagt, mit einem Sofa. Mamas Zimmer ist das größte, und das hat einen Grund, da muss ich nicht eifersüchtig sein, es ist nämlich zugleich das Bügelzimmer und das Schneiderzimmer, aber auch das gemütlichste, gar nicht wie eine Werkstatt, für mich gemütlich, hauptsächlich deshalb, weil ich den Bügelgeruch so gern mag. Der Flur ist ein langer Gang nach vorne zur Wohnungstür, der zieht sich, ich habe ihn einmal ausgemessen, an die neun Meter hin. Da sind Fenster zum Stiegenhaus, die haben wir zum Teil mit Sperrholz abgedeckt, zum Teil hängen Vorhänge davor. Man will ja nicht, dass jeder hereinschauen kann. Am Ende des Ganges, der Wohnungstür gegenüber, befindet sich eine Glastür, die führt in einen kleinen fensterlosen Vorraum, zwei mal zwei Meter ungefähr, und von da aus geht es in mein Zimmer. Das war von Anfang an mein Wunsch. Ich liebe die Abgeschiedenheit. Die Abgeschiedenheit in einer belebten Wohnung. Und Mama ist es auch recht, wenn sie in der Nacht für sich allein werkeln kann und es nicht weit hat zum Kühlschrank, um eine Limonade zu trinken oder, wenn sie nicht einschlafen kann, ein Bier. Mein Zimmer ist klein, Schreibtisch, Bett und Kasten passen bequem hinein. Ausblick aus dem Fenster in den Hof auf einen Essigbaum. Im Sommer Amseln am Abend und am Morgen. Was gibt es Schöneres!

Das war das Vorwort zu Folgendem: In der Nacht wache ich auf, weil ich merke, jemand ist in meinem Zimmer.

Wer?

Er.

»Schrei nicht«, sagt er.

Tu ich eh nicht.

»Ihr müsst auf eure Schlüssel besser aufpassen«, sagt er.

Er hat den Reserveschlüssel aus der Garderobe an sich genommen, schon gleich am ersten Tag, als er bei uns gewohnt hat. Heimlich. Geklaut will ich nicht sagen, er gehört ja doch zur Familie.

»He, Frankie«, flüstert er. »Ich habe mir Sorgen gemacht. Dass der Knasthumor bei dir nicht so gut ankommt.«

»Ich will aber nicht wissen, was du getan hast, falls du deswegen gekommen bist«, sage ich. »Auch wenn es harmlos ist.«

»Für Harmloses kriegst du bei uns nicht achtzehn Jahre.«

»Ich will es nicht wissen.«

»Okay, Frankie, das habe ich verstanden. Darum bin ich nicht gekommen. Können wir Licht machen? Ein bisschen wenigstens? Besorg dir einen Dimmer, ist ganz leicht zu montieren. Ist eine genaue Anleitung dabei. Ich will nicht, dass sie aufwacht und herüberkommt und uns hört, aber nicht sieht. Sie könnte denken, es ist ein Einbrecher, und dann holt sie irgendein schweres Ding oder ein Messer und erschlägt mich oder sticht mich ab. Weil sie ihren Darling retten möchte. Unterschätze die Mütter nicht! Oder rede ich Blödsinn? Auf diesem Gebiet kennst du dich besser aus, Frankie.«

Ich knipse die kleine Schreibtischlampe an, sie hat einen angenehmen grünen Schirm, neben den stellt er meine Schultasche, das ist fast wie Dimmen. Er setzt sich ans Fußende meines Bettes. Er hat den dunklen Anzug an, aber diesmal ein weißes Hemd, und die weißen Schuhe, keine Krawatte. Er riecht nach Zigaretten und Rasierwasser, vielleicht ist es auch Seife.

»Ich möchte mit dir etwas Grundsätzliches besprechen«, sagt er.

Er redet, ich höre zu. Er will nicht, dass ich etwas sage, er will nicht, dass es dunkel ist, und er will nicht, dass es hell ist, und ich will nichts sagen.

6

»Frankie«, fängt er an, »Frankie, das mit dem Morden ist nicht so einfach, wie es die Arschlöcher im Fernsehen darstellen. Glaub denen nicht! Die tun nämlich so, als ob das einfach wäre. Auch wenn sie komplizierte Drehbücher schreiben, am Ende kommt immer heraus, dass Morden eine relativ einfache Sache ist. Oder die Schreiber von Kriminalromanen. Die Romane sind besser als die Filme, das ist meine Erfahrung. Ich habe fünfhundert Kriminalromane gelesen, die besten der besten. Eigentlich ist es ein Witz, aber in der Gefängnisbibliothek gibt es fast nur Kriminalromane zum Ausleihen. Das liegt daran, dass die meisten Bücher, genau genommen alle, von irgendwelchen Leuten dem Gefängnis geschenkt worden sind. Die Leute denken, sie tun etwas Gutes, und kommen sich gut vor. Wer liest, mordet nicht, denken sie, also geben sie den Mördern etwas zu lesen, und es ist egal, was, Hauptsache, man kann es lesen. Sie könnten auch Ovomaltinedosen spendieren, da steht ja auch viel zum Lesen drauf. Die guten Bücher schenken sie nicht her, die behalten sie selber. Kann ich verstehen. Würde ich auch, wenn ich Bücher zum Herschenken hätte. Alle Chase habe ich gelesen. Kennst du James Hadley Chase? Guter Mann. Alle Jim Thompson habe ich gelesen. Kennst du auch nicht? Dashiell Hammett? Nein? Der Beste ist Thompson. Andere mögen den Chase lieber, ich den Thompson. Aber irgendwann habe ich nichts mehr gelesen. Nicht einmal mehr die Zeitung. Die schon gar nicht. Wenn heute alles gleich ist wie gestern und vorgestern und du weißt, dass es morgen genauso sein wird, dann brauchst du keine Zeitung.

Zeitung kommt von Zeit. Was will ich damit sagen? Ich will sagen, die Frage, warum einer tut, was er tut, ist nicht so wichtig, wie euch die Fernsehfilme und die Kriminalromane weismachen wollen. Beim Thompson ist es manchmal so, dass du fragst: Warum hat er das getan? Und wenn beim Thompson einer etwas tut, dann ist es meistens eine Riesensauerei. Und oft kriegst du keine Antwort. Normal ist es so: Was hat er getan? Das hat er getan. Und gleich folgt die Frage: Warum hat er es getan? Und was er getan hat, wird auf einmal zweitwichtig. Ob er jemandem den Bauch aufgeschlitzt hat … Entschuldige, keine Details, keine Details. Erstwichtig ist nur noch, warum er es getan hat. Und zack, wird's psychologisch. Mir sind die Krimis am liebsten, bei denen man von vornherein weiß, wer der Täter ist. Bei James Hadley Chase ist es immer so. Es kann sich niemand vorstellen, dass einer etwas tut und keinen Grund dafür hat. Das will sich niemand vorstellen. Aber halte einmal Gewissenserforschung, Frankie, ehrliche Gewissenserforschung! Lass dir Zeit. Lass dir lange Zeit und denke sehr genau nach. Und dann antworte: Hast du jemals etwas getan, weil du einen Grund dafür gehabt hast? Nicht nur etwas Schlechtes, auch etwas Gutes. War es nicht immer so, wenn du genau nachdenkst, dass du etwas getan hast, und hinterher hast du dir ausgedacht, warum du es getan hast? Das glaubst du nicht? Aber so ist es. Du fragst dich, woher weiß er das, der alte Sack, der Grausige, der mein Großvater ist, den ich lieber nie im Leben kennengelernt hätte, dieses asoziale Arschloch. Still! Antwort: Aus dem puren Nachdenken heraus weiß ich es. Im Gefängnis gibt es gar nichts, worüber du nachzudenken brauchst. Über alles denken andere für dich nach. Das heißt aber, wenn du doch über etwas nachdenkst, dann wirst du durch keinen anderen Gedanken davon abgelenkt. Dann bist du frei. Nie sind deine eigenen Gedanken so frei wie im Gefängnis. Das ist doch ein Witz, oder? Der wahre Denker ist der, der sich um nichts in seinem Leben kümmern muss. Alle großen Philosophen haben Personal gehabt. Kannst du nachlesen. Im Gefängnis musst du dich um nichts kümmern. Du brauchst nicht nachzudenken, was und wann es Essen gibt. Du brauchst nicht nachzudenken, wo du schlafen sollst. Wann du arbeiten sollst. Wann du ins Freie sollst. Wann du beten sollst. Wann du dich duschen sollst. Wann es ausnahmsweise Obst gibt. Wann es ausnahmsweise ein Glas Wein gibt. Über alles wird für dich nachgedacht. Die meisten können nicht über etwas nachdenken, über das nur sie nachdenken können. Sie brauchen jemanden, der ihnen sagt, worüber sie nachdenken sollen und wie sie nachdenken sollen. Bei mir war das auch so. Die Hälfte meiner Zeit, ja, ich würde sagen, die ersten acht, neun Jahre, habe ich über nichts Eigenes nachgedacht. Erst die letzten zehn Jahre habe ich mir eigene Gedanken gemacht. Und weißt du, was der Hauptgedanke war? Ich sag es dir. Dir sage ich es. Nämlich: ob das Wort *Warum* nicht in Wahrheit ein beschissener Scheißdreck ist. Ich bin dahintergekommen, dass wir nicht etwas aus irgendeinem Grund tun. Das Ergebnis meines zehnjährigen Denkens lautet: Wir tun etwas. Fertig. Wir tun es, weil wir es tun. Und sogar das ist falsch. *Weil* und *Warum* gehören zusammen wie Trinken und Durst. Also kannst du beide Wörter streichen. Wir tun. Fertig. Eine wirklich gescheite Justiz würde sagen: Er hat es getan. Fertig. Ab ins Loch mit ihm! Kein Warum, kein Weil. Er hat getan. Fertig, aus. Ich habe mit vielen im Gefängnis gesprochen. Ich habe Forschung betrieben, wenn du es so nennen willst. Der Dieb hat gestohlen, weil er gestohlen hat. Der Betrüger hat betrogen, weil er betrogen hat. Der Mörder hat gemordet, weil er gemordet hat. Es hat nicht einer seine Frau umgebracht, weil sie ihn ein ganzes Leben schikaniert hat. Er hat sie umgebracht, weil er umbringen wollte. Er hat keinen Grund dafür gebraucht, aber hinterher hat er gesagt, er hat es getan, weil sie ihn schikaniert hat, und sein Anwalt hat das Gleiche gesagt und der Psychiater auch und der Richter auch. Alle haben das Gleiche gesagt, und nichts ist wahr. Und es gab welche, nicht viele, aber einige schon, die haben nichts getan, die waren unschuldig, aber nach ein paar Jahren haben sie nicht mehr gefragt, sich selber nicht und sonst auch niemanden: Warum sitze ich eigentlich hier? Sie haben gegessen und gelacht und ihre Arbeit gemacht wie alle anderen auch. Da haben sie dann zu uns gehört. So ist das. Als Mörder wirst du geboren. Wenn du Glück hast, besser gesagt, wenn die anderen Glück haben, bringt dich einer um, bevor du einen umbringst. Oder du stirbst an einer Entzündung oder einer Überdosis. Oder an einem Autounfall. Es gibt eine ganze Menge Dinge, die dich am Morden hindern, wenn du ein Mörder bist. Aber sie können dich nicht immer und überall daran hindern. Außer man schafft dich rechtzeitig ab. Genauso, wenn du kein Mörder bist. Es gibt eine ganze Menge Dinge, die dir nahelegen, jemanden umzubringen, und trotzdem tust du es nicht, wenn du kein Mörder bist. Und jetzt, Frankie, schlaf gut. Und sag deiner Mama nicht, dass ich dich in der Nacht besucht habe. Ich tue es auch nicht wieder. Ich verspreche es, und auch wenn man einem Arschloch wie mir nicht trauen sollte, ich verspreche es und hoffe, du glaubst mir. Ich bin weg. Der Heini vom Sozialamt wird euch fragen, ob ihr wisst, wo ich bin. Sagt, ihr habt keine Ahnung. Stimmt ja auch. Den Reserveschlüssel gebe ich in deine Schultasche. Siehst du? Du brauchst mich nicht zur Tür zu begleiten. Ich drücke sie einfach ins Schloss.«

»He!«, rief ich leise. »Kann ich mit?«

Drei

1

Ich dachte, er weiß, was er tut. Es sprühte dicht, fein und sehr feucht, ich hatte nichts bei mir, kein Geld, nicht die Jahreskarte für die Wiener Linien, aber den Kapuzenmantel hatte ich mir in der Garderobe schnell übergezogen, und in die Winterstiefel war ich geschlüpft, Spinnweb von einem Jahr war über ihren Öffnungen, ich hatte mir nicht die Zeit genommen, sie zuzuschnüren, die Bändel schlappten mir bei jedem Schritt um die Füße. Und Handschuhe hatte ich angezogen. Hemd, Pullover und Hose, alles über dem Pyjama. Er musste frieren, nur im Anzug, wie er war, darunter nur ein Hemd, vielleicht ein T-Shirt, keine Mütze auf dem Kopf, keine Handschuhe, die Sneakers, die unter den Laternen schimmerten, waren sicher nicht wasserdicht. Die Hände steckte er in die Taschen, das sah aus, als würde er beim Gehen tanzen, weil er sich in den Schultern wiegte, um das fehlende Schlenkern der Arme auszugleichen. Ich wusste nicht, was er von Musik hält. Mama sagte, sie habe immer einen Song im Kopf. Da kann ich leider nicht mitreden. Es sah jedenfalls sehr lässig aus, und ich nahm mir vor, diesen Gang in Zukunft nachzumachen.

Wir gingen durch den 4. Bezirk zum Naschmarkt hinunter. Bis dorthin dachte ich noch, er hat ein Ziel, er will mir etwas zeigen. Etwas, das wert ist, eine Nacht nicht zu schlafen. Etwas, das ein Großvater seinem Enkel zeigen will. Auch wenn die beiden nichts weiter miteinander zu tun haben. Nur weil der Großvater der Großvater und der Enkel der Enkel ist. Ich wollte zu ihm aufschließen, damit er mit mir redet, ich dachte nämlich, er redet nicht mit mir, weil ich zwei Schritte hinter ihm gehe. Er hat sich auch nicht ein Mal umgedreht. Es hätte ja sein können, dass es mir zu blöd wird. Wollte er nicht wissen, ob er allein ist in der Nacht, der alte Tänzer?

Wir gingen durch den Naschmarkt, marschierten durch den Naschmarkt, so müsste ich mich ausdrücken. Als hätten wir einen Auftrag zu erledigen. Bei den Ständen und Häuschen, wo am Tag Gemüse, Früchte, Trockenfrüchte, Käse und der gute Schinken angeboten wird, waren die Rollläden heruntergelassen, der gute Schinken aus Spanien von den Schenkeln der schwarzen Schweine, die nur mit Kastanien gefüttert werden, ich habe Mama letztes Jahr fünfzig Deka davon zu Weihnachten geschenkt. Der Weg war mit dem Kärcher saubergespritzt, nicht eine Bananenschale war zu finden. Trotzdem roch es sauer und faul. Als wir den Markt hinter uns gelassen hatten und an der U-Bahn entlanggingen, auf die man vom Gehsteig aus hinunterspucken kann, glaubte ich nichts mehr und war ratlos, und wenn ich ehrlich bin, fiel mir erst jetzt der Schinken ein, meine Depression war, ich würde nie wieder davon haben, weder von dem guten Schinken noch jemals von einer guten Wärmflasche, aber ich stellte mir nicht die Frage, warum ich eigentlich hinter ihm herging. Eine Werbetafel für Swimmingpools warf von oben Licht auf seinen Kopf, eine kleine, kreisrunde Glatze schimmerte, die war mir nicht aufgefallen bisher, da kommt das Holz heraus, würde Mama sagen. Sie würde es sagen, als wäre es kein Witz.

»He!«, rief ich. Er antwortete nicht. Ging nicht langsamer, drehte sich nicht nach mir um.

Immerhin war ich immer noch in meiner Stadt, und Wien ist die beliebteste Stadt der Welt. Das ist festgestellt worden. Von einer internationalen Jury, also eindeutig. Wenn wir in Wien bleiben, dachte ich, kann mir nichts passieren. Ich kenne mich hier aus. Ganz gleich, wo ich bin, ich kann fragen, in welcher Richtung sich der Stephansdom befindet, oft brauche ich gar nicht zu fragen, weil man die Spitze des Turms von weitem sieht, und in spätestens zwei Stunden bin ich wieder zu Hause. Den Wohnungsschlüssel mitzunehmen, hatte ich zwar vergessen, aber ich kann mich auf die Stiege setzen, und es ist mir egal, wie lange ich sitze, irgendwann wacht Mama auf, und dann lege ich mich in die Badewanne und höre Radio. Man soll nicht nach Gründen suchen, hatte er gesagt. Aber ich glaube, die Stadt Wien um mich herum war der Grund, warum ich ihn nicht überholte, mich vor ihn hinstellte, ihn mit ausgestreckten Armen bremste und ihn direkt ins Gesicht hinein zur Rede stellte, wohin es geht. Da fiel mir ein, dass es seine Stadt nicht mehr sein konnte.

»He, ich bin müde«, maulte ich.

Nichts.

Was soll ich sagen, wir gingen bis Schönbrunn, vorbei am Blick auf die Schlossanlage, die mir immer unsympathisch gewesen war, ich schlief einmal kurz im Gehen ein, schließlich waren wir in einer vornehmen Gegend angelangt, ich nahm an, wir befanden uns in Hietzing, fremder Boden für mich, vornehmer fremder Boden. Hohe Bäume wuchsen neben der Straße, die an einer Pizzeria vorbeiführte, die hielten ein wenig den feinen Regen ab, der eigentlich mehr eine Wolke war, die bis auf unsere Füße herunterreichte. Hinter verzierten Eisenzäunen standen im Dunkeln wuchtige Häuser, Villen waren das, manche mit wuchtigen Eingängen, Säulen, Prachtstufen, sogar Figuren aus Stein. Alle Häuser ohne Licht. Und Gärten davor, Rosenbögen, Sträucher wie Fäuste von Riesen rechts und links der Wege. Opa schritt weit aus, schneller als vorher, wie ein junger Mann sah er von hinten aus. War er gut gelaunt? Und wenn, warum? Er hatte mich inzwischen um zwanzig Meter abgehängt. Ich rannte ihm nach.

»He!«, sagte ich wieder.

Mir fiel sonst nichts ein. Wegen Müdigkeit und Ziehen in den Beinen. Wir waren schon über eine Stunde unterwegs. Sein Kopf war nass. Sein Nacken glänzte wie beim ersten Mal, als wir ihn in Krems abgeholt hatten, Mama und ich, diesmal aber von dem Nebel, wir waren die Einzigen weit und breit, nicht einem Menschen waren wir begegnet. Seine Schultern waren nass, seine Ärmel waren nass. Ich sah, wie er zitterte.

»Gleich haben wir es warm«, sagte er. Das Erste, was er sagte, seit wir von zu Hause weggegangen waren, man glaubt es nicht, aber es war so.

»Was tun wir eigentlich?«, fragte ich endlich. »Du hättest mir sagen sollen, was wir tun …«

»Wir tun irgendetwas«, fuhr er mir dazwischen, aber nett, heiter, nicht böse.

Ich wollte weiterreden, nämlich dass ich dann vielleicht nicht mit ihm gegangen wäre, wenn ich gewusst hätte, oder etwas Ähnliches. Nur um zu sehen, ob mein Mundwerk noch funktioniert. »Aber ich muss doch wissen, was wir tun«, sagte ich, ich sollte schreiben: jammerte ich. »Ich bin müde, kann ich mich irgendwo hinlegen, wenn wir dort sind?«

»Wenn wir wo sind? Wovon redest du, Frankie?«

»Ich muss schlafen?«

»Warum?«

»Man muss schlafen. Weil der Mensch schlafen muss, muss ich schlafen, ich bin ein Mensch, verdammte Scheiße!«

»He, he! Frankie, langsam! Hast du noch nie eine Nacht durchgemacht?«

»Nein, habe ich nicht. Will ich auch nicht.«

»Nichtschlafen ist etwas Schönes. Gehört zum Schönsten überhaupt. Hast du das nicht gewusst, Frankie?«

»Ich will es auch gar nicht wissen.«

»Nur wenn man allein im Bett liegt und nicht schlafen kann, ist es nicht schön. Am schönsten ist Nichtschlafen, wenn man draußen ist. Auch wenn es regnet.«

»Ich wär lieber im Bett und würde schlafen als nicht schlafen und nicht im Bett und im Regen«, sagte ich.

Er sagte: »Ach, Frankie, ich hätte dir gern etwas versprochen. Es ist schön, etwas zu versprechen und es zu halten. Ich verspreche dir, es ist alles ganz leicht für dich. Du wirst mir jetzt einfach zuschauen, was ich tue. Ich sag dir auch, was unser Ziel ist. Erst tue ich etwas, dann folgt das Ziel. Unser Ziel ist: frühstücken. Ist das okay für dich?«

»Es kommt darauf an, was du tust.«

»Du wirst es sehen.«

»Und warum tust du, was du tust?«

»Warum, warum, warum.«

Ich glaube, er wollte sich selber zeigen, was für einer er ist.

Und da war es ihm gerade recht, dass ich mich angetragen hatte, ihn zu begleiten. Auch wenn man sich selbst etwas zeigen will, ist es nicht schlecht, wenn einer dabei ist und einem zusieht. Ein Zeuge sozusagen.

»Nur bis zum Frühstück nehme ich dich mit«, sagte er, »weiter nicht, ich verspreche es dir.« Er ging an den Autos vorbei, die neben der Straße parkten, und zog an den Türschnallen. »Ich sehe ja, du bist nicht einer, den man mitnehmen kann.«

»Wohin mitnehmen?«, fragte ich. »Und wieso bin ich einer, den man nicht mitnehmen kann?« Ich sagte absichtlich *wieso* und nicht *warum*.

Er blieb stehen, wischte sich das Gesicht mit dem Ärmel ab. Klopfte mit dem Zeigefinger gegen meine Stirn. »Es war deine Idee, da drinnen in deinem Kopf, dass du mitkommst. Nicht meine Idee in meinem Kopf. Also lass die Fragerei!«

»Ist ja gut«, sagte ich.

Er ging weiter, schaute durch das Beifahrerfenster der Autos ins Innere. Bei einem roten, ich weiß nicht, welche Marke, ein altes Modell, nicht lässig, verrostete Felgen, blieb er stehen.

»Dann schauen wir einmal«, sagte er.

»Was willst du schauen?« Ich drückte den Daumennagel gegen den Zeigefinger. Meine Hände in den Fäustlingen waren warm, wenigstens die sind zu Hause, dachte ich. Ich hasste meine Stimme, weinerlich war sie, und ich kriegte den Ton nicht heraus. »Sag mir doch, was du schauen willst?«

»Mach dir nicht ins Hemd«, sagte er.

Mit einem Ruck knickte er die Antenne an dem Auto um, darum wahrscheinlich das alte Modell, weil so eines noch eine

Antenne hat. Er ruckte sie so lange hin und her, bis sie abbrach. Dann bückte er sich bei dem Vorgarten neben dem Gehsteig, fand einen faustgroßen Stein, mit dem plättete er die Antenne, bog sie am dicken Ende zu einem Haken und plättete auch diesen. Dann drückte er sie mit dem Haken voran in den Spalt zwischen Tür und Fensterscheibe des roten Wagens, und mit einem Ruck sprang die Tür auf.

»Der fängt gleich an zu hupen«, jammerte ich. »Das lässt er sich nicht gefallen!«

»Der schon«, sagte er, »der freut sich, es gibt keine größere Hochachtung vor einem Auto, als wenn man es stiehlt, das weiß er«, und noch einmal: »Mach dir nicht ins Hemd!«

Er stieg ein, rückte auf den Fahrersitz und gab mir Zeichen, mich neben ihn zu setzen.

»Und jetzt, Frankie«, sagte er, »gleich haben wir es warm.«

Er beugte sich unter das Lenkrad, und nach ein paar Handgriffen startete der Motor. Er legte den Gang ein, löste die Handbremse und fuhr los. Und jauchzte wie einer am Gipfelkreuz. Erst nach hundert Metern schaltete er das Licht ein.

Wir fuhren die Straße entlang, an den Villen vorbei, bald spürten wir den warmen Luftzug aus den Heizungsschlitzen, von unten und von oben unter der Windschutzscheibe, es roch nach warmem Staub. Er stellte den Scheibenwischer auf die niedrigste Stufe. Wir fuhren nach Westen aus der Stadt hinaus und auf die Autobahn.

»Heute Abend bist du wieder zu Hause«, sagte er. »Das verspreche ich dir. Zieh deinen Mantel aus, häng ihn über den Sitz, dann ist er gleich trocken.«

Ich tat es. Er bat mich, das Lenkrad zu halten, und wühlte sich aus seinem Jackett.

»Leg es vorne über die Heizung«, sagte er. Er wechselte mit dem linken Fuß aufs Gaspedal, streckte mir den rechten entgegen. »Zieh den Schuh und die Socken aus und leg sie auf die eine Seite!« Hob das linke Bein, ich beugte mich über ihn und zog ihm auch diesen Schuh und die Socke aus. »Und die leg daneben. Jetzt heizen wir erst einmal ordentlich ein. Und dann wird gefrühstückt. Alles soll trocken und warm sein. Trocken und warm. Da fängt es an, das Leben. Erst ist es feucht und kalt, dann ist es trocken und warm. So soll der Ablauf sein. Eine Stunde lang geben wir Gas, dann sind die Sachen trocken, und dann wird gefrühstückt. Auf Raststätten gibt es das beste Frühstück. Das weißt du nicht, ich sehe dir an, dass du das nicht weißt. Frankie, Frankie, Frankie. Ich nehme einen großen Milchkaffee, halb, halb, und zweimal oder dreimal Croissants, und die tunke ich ein, und dann wird eine geraucht, dann wird eine gerochen, wie der alte, versaute Clemens Ribarits zu sagen pflegte, und für die Weiterreise: Nussschokolade und Bounty. Gibt es das noch, Bounty? Die Bounty auf der Nussschokolade, sozusagen wie die Wurst aufs Brot. Mit Kokos. Und hinterher, wie gehabt, eine Marlboro. Höchstens vielleicht eine Camel. Alle anderen sind nichts. Man will ja keine getrocknete Scheiße rauchen. Schade, dass du nicht rauchst. Kaffee, Nussschokolade, Bounty und eine Marlboro. Frankie, Frankie, Frankie!«

Das Jackett rutschte vom Armaturenbrett, ich hob es auf, da fühlte ich den harten, schweren Gegenstand in der Seitentasche. Es war eine Pistole, kleiner, als ich gedacht hatte, dass Pistolen sind.

»Du bist völlig durchgeknallt«, schrie ich ihn an. »Du bist wirklich das durchgeknallteste Arschloch, das ich kenne, das bist du, eindeutig du, verdammte Scheiße! Wenn sie dich mit der erwischen, hockst du bis ans Lebensende. Und ich krieg auch eins drauf.«

»Die ist ja nicht zum Erwischen gedacht«, lachte er.

»Sondern?«, fragte ich.

»Sondern?«, sagte er.

2

Es braucht sich niemand zu wundern, ich kenne den Unterschied zwischen einer Pistole und einem Revolver! Weil: Eine Zeitlang habe ich mich für Waffen interessiert. Nicht wenige in unsrer Klasse hatten sich für Waffen interessiert. Das hing mit den islamistischen Terroristen zusammen. Sie stehen auf der Ladefläche von Toyota Pick-ups und haben Maschinenpistolen in den Fäusten und schwarze Tücher um den Kopf gebunden, und eine schwarze Fahne flattert an einem dünnen Mast zwischen ihnen, eigentlich kein Mast, sondern eine Antenne. So rasen sie durch die Wüste und ziehen hinter sich eine Staubwolke her, und wenn es ihnen passt, ballern sie in die Luft. Wir haben drei Türken in der Klasse, dazu einen Syrer und sonst noch zwei aus ähnlichen Gegenden. Ihre Väter sehen aus wie Terroristen und ihre älteren Brüder auch. Das ist die allgemeine Meinung, auch die Meinung der Türken selber. Was aber nicht heißt, dass wir ihnen etwas anhängen wollen. Wir stellen nur fest. Der Syrer sagt, das sei kein Problem für ihn, sein Vater und sein Onkel würden dagegen sagen, die Österreicher sehen alle aus wie Nazis. Stimmt ja wahrscheinlich, aus ihren Augen betrachtet, für mich ist das genauso wenig ein Problem, mich beschäftigt das nicht. Jedenfalls kennen sie sich mit Waffen aus, und einige von uns, also von den Österreichern, kennen sich inzwischen auch mit Waffen aus, einer davon bin ich. Das ist ja nicht schwer, und verboten ist es auch nicht. Man schaut einen Nachmittag lang in den Google, und dann weiß man einiges. Mein Interesse galt hauptsächlich vollautomatischen Handfeuerwaffen, sprich: Maschinenpistolen. Rein technisch war dieses Interesse, das möchte ich betonen. Nicht, was man damit anfangen kann, war die erste Frage für mich. Das weiß ich auch, dass diese Dinge dazu da sind, um jemanden zu killen, Maschinenpistolen, um in einem Ratsch gleich mehrere Menschen zu killen. Aber nicht jeder, der sich für Waffen interessiert, will gleich jemanden umbringen. Es war das Ding, das schöne Ding, das mich interessiert hat. Was Schönheit betrifft, bin ich wie Mama. Wenn etwas glänzt, hat es schon einen Vorteil bei uns. Die Uzi hat mir am besten gefallen. Allerdings glaube ich inzwischen, das lag mehr am Namen. Uzi klingt gefährlich, eben weil es so harmlos klingt. Wie ein Spielzeug. Und dann kann sie Verheerendes anrichten. Das fand ich interessant. Man hat fast das Gefühl, sie ist für Kinder gemacht. Oder sie tut so, als wäre sie für Kinder gemacht, und schmeichelt sich auf diese Weise ein. Rein vom Äußeren her hat mir aber die M3 besser gefallen, die sah nicht wie ein Spielzeug, die sah wie ein Werkzeug aus, wie eine Bohrmaschine, das fand ich zu Täuschungszwecken sehr praktisch. Dann habe ich im Wikipedia gelesen, dass diese Waffe bei den amerikanischen

Soldaten nicht beliebt war, man konnte sich nicht auf sie verlassen. Den Chinesen, das habe ich ebenfalls gelesen, war das egal, sie haben die M3 nachgebaut, ohne zu fackeln und lange zu fragen. Und wahrscheinlich haben sie beim Nachbau einige Fehler beseitigt. Sie machen nach und machen besser. Ich finde das unfair. Für mich war das der Grund, warum ich die Uzi schließlich vorgezogen habe. Der Syrer und die Türken in unserer Klasse, auf jeden Fall der Adil und der Miraç, stehen auf die Heckler & Koch UMP, das ist eine deutsche, die deutschen Waffen seien die besten, sagen sie. Kann sein, kann nicht sein. Ein anderer wieder schwört auf die russische Makarow, die sei komplett aus einem Stahlblock gefräst, handlich und zuverlässig. Ich kann das im Einzelnen nicht beurteilen. Inzwischen interessiert sich in unserer Klasse, soweit mir bekannt, fast niemand mehr für Waffen. Ich auch nicht mehr.

Also, wie gesagt, es braucht sich keiner zu wundern, dass ich Pistole und Revolver auseinanderkenne. Eine so kleine habe ich allerdings noch nie gesehen.

»Das«, sagte Opa, »ist die brillante Miss Raven MP 25 Mouse Gun Saturday Night Special, auch genannt Killerlady, weil eine Damenpistole mit Verzierung, eine andere war leider nicht zu kriegen. Aber immerhin sechs Schuss.«

»Und was ist der Unterschied zu den anderen?«

»Weh tut sie genauso.«

Mehr Worte haben wir darüber nicht verloren. Vorläufig jedenfalls nicht. Über meine Waffenkenntnisse habe ich ihn nicht informiert. Er hätte sich gefreut. Nehme ich an. Aber das wollte ich nicht.

3

Wir haben nicht eine Stunde lang Gas gegeben, um, wie Opa angekündigt hatte, an der Heizung unsere Kleider zu trocknen. Schon bald auf der Autobahn zweigte er ab zu einer Raststätte mit dem Namen *Landzeit Steinhäusl*, das ist sogar ein Hotel, ein prächtiger Kasten mit einer Glasterrasse davor, die war jetzt allerdings dunkel, glitzerte im Regen. Es war, das konnte ich an der Uhr im Auto ablesen, halb vier Uhr am Morgen. Ich sagte, das sei noch zu früh für ein Frühstück. Tatsächlich war das Restaurant geschlossen, also der Bereich, wo es die guten Sachen gab, Kuchen, Spiegeleier, gebratenen Speck, Schnittlauchbrot und so, wie ich mir das vorstellte. Ich hatte eh keinen Hunger. Durst hatte ich. Kaffee gab es, aber aus einem Automaten in einem Pappbecher. Den wollten wir nicht. Erst als wir aus dem Wagen ausgestiegen waren, merkte ich, wie müde ich war. Waden wie mit Wasser gefüllt. Es bereitete mir Mühe, die zehn Meter bis zum Tankstellenkiosk zu gehen.

Der angeschlossene Supermarkt war geöffnet. Außer dem Verkäufer an der Kassa war niemand da. Opa tankte den Wagen voll, ließ dabei den Motor laufen und kaufte Süßigkeiten und Marlboro und dann noch zwei Wolldecken, die in Plastik eingeschweißt waren, er nahm die obersten zwei, ohne sie zu prüfen oder zu schauen, wie viel sie kosteten. Der Verkäufer sah uns zu, aber nicht irgendwie merkwürdig. Ich glaube, er hätte gern mit uns geredet. Gegen die Langeweile. Ich wollte Opa beim Hinausgehen fragen, woher er das Geld habe, für Anzug, Schuhe, Decken und Benzin und so weiter, vergaß es aber, es war mir zu anstrengend, meinem Hirn, müsste ich sagen, war es zu anstrengend, nach den Worten zu suchen. Das ist so, wenn man sehr müde ist: Man teilt sich auf, hier ist das Hirn, hier sind die Beine und die Arme, hier ist der Mund und so weiter, und irgendwo ist man selber, und niemand kann genau sagen, was dieses Selber eigentlich ist. So ist meine Erfahrung. Man müsste das untersuchen, aber das kann man nicht, eben weil man zu müde dafür ist. Auf dem Weg zum Auto riss Opa mit den Zähnen den Bountyriegel auf, so gierig war er danach. Mir bot er auch einen an. Ich lehnte ab. Ich mag Süßes, aber verrückt danach bin ich nicht. Ich trank die kleine Mineralwasserflasche aus und ließ sie auf den Boden fallen. Opa hob sie auf. Den Verschluss auch.

Hier draußen bei der Autobahn regnete es nicht mehr so fein und sprühend wie in der Stadt. Opa war im Hemd, ich im Pullover. Aber nicht dass er zum Auto gerannt wäre, um weniger nass zu werden. Dieser Mann rannte nie. Er ging, wie er immer ging, mit seinen langen Schritten.

»Deine Zigarette ist nass«, sagte ich.

»Dann schmeckt sie besser«, sagte er. »Auch das muss man erst lernen.«

Auf einem Streifen, über fünfzig Meter in die Weite, parkten Lkw, einer neben dem anderen. Bei einem sah ich einen Lichtschein. Vielleicht konnte der Fahrer nicht schlafen, oder er war erst vor kurzem angekommen, oder er würde bald aufbrechen, oder er schaute eine Serie auf seinem Laptop. Vielleicht waren sie auch zu zweit. Die Lastwagen hatten alle keine Nasen, stumpfe Gesichter, die Augen waren geschlossen, innen zugehängt mit Decken. Jetzt war mir auch klar, warum vorne im Supermarkt Decken angeboten wurden, ganze Stapel davon, in den gewöhnlichen Supermärkten sieht man das nicht. Angenommen, die Lastwagen wären Tiere, dann wären es gefährliche Tiere, und angenommen, es gäbe Jäger, die sie auf der Liste hätten, dann wäre jetzt genau die richtige Zeit, sie zu erlegen. Jetzt, da sie schlafen und nicht knurren. Eine Damenpistole würde nicht genügen. Solche Dinge gehen einem durch den Kopf, wenn das Gehirn von allein denkt, ohne man selber sozusagen.

Die Plastikhüllen von den Decken faltete Opa ordentlich zusammen und steckte sie in den Papierkorb und meine Mineralwasserflasche und den Verschluss hinterher. Die Decken seien für mich, sagte er. Die eine bettete er als Kopfpolster auf die Rückbank, gerade bekam ich noch mit, dass sie kariert war, mit der anderen deckte er mich zu. Das war von einem Augenblick auf den anderen sehr gemütlich, und ich schlief ein.

Als ich aufwachte, schien die Sonne. Wir fuhren nicht. Aber der Motor lief. Ich schaute zum Fenster hinaus und sah Wald. Oben zwischen den Wipfeln blauer Himmel. Ich war allein im Auto. Ich kippte den Beifahrersitz um und öffnete die Tür. Kühle Waldluft atmete ich ein, Mulch und Harz. Opa war nicht da. Der Wagen stand auf einem Waldweg, der Boden war matschig, ich stieg aus und versank mit einem Schuh, und weil ich ihn nicht zugebunden hatte, drang der feuchte Dreck ein, und Strümpfe hatte ich auch keine an und hatte nun einen dreckigen nassen kalten Fuß, am liebsten hätte ich beide Schuhe ausgezogen und weggeworfen. Ich schaute auf die Uhr am Armaturenbrett. Es war 8:30.

Seit zwei Stunden wusste Mama, dass ich weg war. Ich hatte ihr keine Nachricht geschrieben. Und genauso wie ich meinen Wohnungsschlüssel zu Hause vergessen hatte, hatte ich auch mein Handy vergessen. Opas Jackett hing an einem Ast in der Sonne. Daneben an einem anderen Ast mein Mantel, ebenfalls in der Sonne, auf zwei abgebrochenen Fichtenästen steckten seine weißen Schuhe, darüber hingen seine Socken. Ich griff in Opas Jackentasche, innen war sie noch feucht, fand sein Handy. Die Pistole war nicht da. Ich wusste Mamas Nummer nicht auswendig. Ich tippte auf die Anrufliste. Könnte ja sein, dass Mama ihn angerufen hat. Hat sie. Insgesamt zehnmal. Heute Morgen. Ich hatte das Handy nicht gehört. Wie lange waren wir schon im Wald? Der letzte Anruf war vor zehn Minuten eingegangen, der erste vor zwei Stunden. Entweder Opa hatte das Handy gehört und absichtlich nicht abgenommen, oder wir standen schon seit über zwei Stunden hier im Wald, und Opa war entweder abgehauen, oder ihm war etwas zugestoßen. Dass die Polizei ihn erwischt hat. Aber dann hätten sie mich auch erwischt. Ich kann mir nicht vorstellen, dass sie mich hätten schlafen lassen. Wobei *erwischt* das falsche Wort ist, *gefunden* wäre das richtige, was meine Person betrifft.

Ich tippte auf Mamas Nummer, überlegte dann und schrieb ihr doch lieber eine SMS, ich wollte ihre Stimme nicht hören und wollte nicht warten, bis sie vor lauter Weinen herauskriegt, was sie sagen will, wo ich doch eh weiß, was sie sagen würde. Ich schrieb:

»Ich bin mit Opa unterwegs, komme am Abend nach Hause. Mach dir bitte keine Sorgen. Frank. Mir geht es gut.«

Sie wird sich trotzdem Sorgen machen. Aber wie soll der Mensch leben, wenn er immer bedenken muss, jemand macht sich Sorgen um ihn? Und ich wusste ja, dass sie sich keine zu machen braucht.

Es war so still im Wald. Der Motor lief, aber das hörte sich an, als geschähe es irgendwo anders, nur in einer Erinnerung zum Beispiel. Es war leicht, sich das Geräusch wegzudenken. Es hätte nicht gepasst zu reden. Auch nicht einseitig am Telefon. Die Telefonierer meinen immer, es hört sie nur der am anderen Ende der Leitung und sonst niemand. Es passte auch nicht zu rufen. Deshalb rief ich nicht nach Opa. Sollte ich »Opa« rufen oder »Ferdinand«? Dann lieber gar nicht. Was würde ich verlieren, wenn er nicht mehr käme? Wenn ihn die Erde gefressen hätte? Versunken im Waldboden, hinunter ins Moos. Um ihm nachzutrauern, kannte ich ihn zu wenig lang.

Mir fiel ein, dass ich unter dem Pullover, dem Hemd und der Hose noch meinen Pyjama anhatte. Ich zog die Sachen aus und putzte mit der Pyjamahose den Dreck von meinem Fuß und den Dreck aus dem Schuh, so gut es ging. Dann warf ich sie unter das Auto und zog mich wieder an. Die Pyjamajacke konnte als langärmeliges Unterhemd durchgehen.

Ich atmete ein paarmal tief ein, dann setzte ich mich auf den Beifahrersitz und schloss die Tür. Es war Mitte Oktober und im Schatten frisch. Das Handy hielt ich fest, damit ich gleich über den Balken wischen könnte, falls es anschlug. Oder sähe, wenn eine SMS angezeigt wurde. Aber Mama meldete sich nicht. Wenn ich die Luft anhielt, hörte ich nichts. Auch den Motor hörte ich nicht mehr, eben weil ihn mein Hirn nicht hören wollte. Ich konnte mich nicht erinnern, wann es jemals so still um mich herum gewesen war. Nie war es das gewesen. Ich zog eine der Decken vom Rücksitz und wickelte mich darin ein. Gegen ein gutes Frühstück, womöglich in der verglasten Terrasse des Hotels *Landzeit Steinhäusl*, hätte ich nichts einzuwenden gehabt. Auf gebratenen Schinken mit zwei Spiegeleiern hätte ich Gusto gehabt. Ich ziehe schwarzen Kaffee dem Milchkaffee vor. Und zum Abschluss eine Leberkäsesemmel mit einem Essiggurkerl, dazu eine Almdudler, das passt gut zusammen. Inzwischen, fiel mir ein, müsste der Besitzer des Autos gemerkt haben, dass es gestohlen worden war. Also ruft er die Polizei an. Und Mama hat sicher auch schon die Polizei angerufen. Und die vernetzen sich über den Polizeicomputer, und der zählt eins und eins zusammen. Neben Mama steht ein Polizist, der liest meine SMS und sagt zu Mama, nein, antworten Sie nicht. Warum soll sie nicht antworten? Polizeimethoden, die wir nicht durchschauen. Mir würde nichts geschehen. Erstens war ich erst vierzehn. Zweitens war ich das Opfer. Wenn ich die Klappe halte, wird niemand Opa glauben, da kann er sagen, was er will. Dass ich es gewesen sei, der sich ihm aufgedrängt hat. Dann sitzt er wieder. Entführung eines Minderjährigen – Halleluja!

Da sah ich ihn vor mir. Oben weiß, unten schwarz. Durch die Windschutzscheibe sah ich ihn. Hinter den Bäumen kam er hervor. Barfuß in Hemd und Hose. Noch dünner, als ich ihn in Erinnerung hatte. Und länger. Um den Mund herum grimmig, vielleicht auch nur wegen der Zigarette. Die Schultern eckig. Den Gürtel im letzten Loch. Der Hosenbund wirft Falten, weil die Hose zwei Nummern zu weit ist. Sorgen für

Mama hieße: Sorgen wegen dem da. Niemand nämlich wusste, warum er tat, was er tat, wahrscheinlich nicht einmal er selbst. Und auch nicht, was er als Nächstes tun würde.

Ich kurble die Scheibe herunter. »Meine Schuhe sind im Arsch!«, sage ich. »Wo warst du?«

»Ich war scheißen.«

4

Er setzt sich neben mich, nimmt mein Kinn zwischen Zeigefinger und Daumen, mit dem Rücken der anderen Hand streicht er über meine Wange. »Wächst schon etwas? Lass sehen!« Er dreht mein Gesicht in die Sonne. »Glatt wie ein Kinderarsch. Ich bring dir das Autofahren bei. Das ist nicht schwerer als Schachspielen. In einer Stunde kannst du es. Außer du bist derselbe Trottel wie alle anderen. Bei mir kostet die Fahrstunde nichts. Bei mir kostet gar nichts irgendetwas. Bei mir ist alles umsonst. Auch die Rasur. Alles gratis.«

»Mama hat zehnmal angerufen«, sage ich. »Warum hast du nicht abgenommen?«

Er hört mir nicht zu. »Ich zum Beispiel habe keinen Führerschein. Und ich bin seit achtzehn Jahren nicht mehr gefahren. Und jetzt musst du mir eines sagen: Kann er es noch, oder kann er es nicht?«

»Warum hast du nicht abgenommen?«

Er will mir nicht zuhören. »Weißt du, wie ich es gelernt habe? Ohne Lehrer. Rein durch Zuschauen. Das glaubst du nicht? Ich wette, wenn du mir eine Stunde lang genau zuschaust, dann kannst du es auch. Lass mich, verdammt nochmal, ausreden! Du musst nur ganz genau auf meine Hände und meine Füße schauen. Und genau auf den Motor hören. Wenn er zu tief brummt, schaltest du herunter, wenn er aufheult, schaltest du hinauf …«

»Opa!«, unterbreche ich ihn. »Kannst du mir bitte zuhören!«

»Aber ich bin nie herumgefahren. Nie einfach nur in der Gegend herumgefahren. Immer habe ich jemanden irgendwohin gefahren oder habe etwas abgeholt, immer geschäftlich. Warum hat man ein Auto, wenn man nie einfach nur herumfährt?«

»Bist du taub!« Ja, ich schreie. »Ich habe dich gefragt, warum du nicht abgenommen hast!«

»Ich weiß nicht, wie bei diesem beschissenen Ding Abnehmen geht. Da ist kein Knopf. Schnauz mich nicht an! Ich bin von gestern. Weißt du das nicht?«

»Ruf sie zurück!«, sage ich. »Das bist du ihr schuldig. Du bist ihr Vater. Das ist blöd, dass ich dir das sagen muss.«

»Das ist ein Zirkus!«, antwortet er und spricht mit so viel Luft, dass ich ihn kaum verstehe. »Mach aus mir keinen Tanzbär, Frankie, tu das nicht!«

»Hallo jetzt!«, versuche ich, großartig vernünftig zu tun. »Du bist mein Großvater, du hast Verantwortung für mich. Ich bin minderjährig. Du kannst mir ja erzählen, dass du mit vierzehn bereits deine erste Bank überfallen hast, aber ich bin ein normaler Vierzehnjähriger …«

»Mit dem Rauchen habe ich angefangen. Aber schon mit dreizehn.«

»Was tun wir als Nächstes? Das will ich von dir wissen. Ich will nach Hause!«

»Dir Autofahren beibringen und dann frühstücken, das will ich«, sagt er. »Das tun wir als Nächstes«, und spricht dabei langsam, was mir ein bisschen unheimlich ist, das gebe ich zu, als wäre alles, was er redet, eine Einleitung zu etwas, wie soll ich sagen, zu etwas eher Grausigem. »Und mit Marlboro, nein, Frankie, mit Marlboro habe ich nicht angefangen. Die wären viel zu teuer gewesen. Mit Dreier, Frankie. Austria Drei. Die Schachtel flach, grünlich, nur Pappe, schau mich an, wenn ich mit dir rede, du kleiner Scheißer, kein Silberpapier, kein Zellophan, ich erzähl dir aus meinem Leben, verstehst du, also hör mir zu, die Zigaretten flach, scharfer Tabak, die letzten in der Schachtel sind ausgeronnen, da waren nur noch Krümel, die habe ich in eine Büchse geschüttet und mir dann später, wenn genug da war, neue daraus gedreht. Oder sollen wir zuerst frühstücken? Amerikanisches Frühstück mit Ahornsirup und so. Und dann setzt du dich ans Steuer und zeigst mir, was du gelernt hast? Du hast die Wahl, Frankie. Du bist hier der Boss, Frankie.«

»Ich muss Autofahren nicht können mit vierzehn«, sage ich.

Darauf er – und haut mir dabei den Ellbogen in die Seite, dass ich aufschreien möchte: »Wie willst du sonst nach Hause kommen, ha?«

»Was?«

»Was was? Du klingst, als ob du manchmal beten würdest, Frankie. Stimmt das? Schau nicht so. Du schaust drein wie ein Depp. Das weißt du nicht, kannst dich selber ja nicht sehen.

Man weiß das selber nicht und muss froh sein, wenn es einer einem sagt. Schau mich an! Und schau normal!«

»Ich weiß nicht, wie normal geht.«

»Eine Zeitlang habe ich auch gebetet. Ist nicht gelogen. Weil ich mit einem zusammengelegt worden war, der dauernd gebetet hat. Da wirst du entweder verrückt, oder du machst mit. Es war dann ganz angenehm. Hat mir den Tag eingeteilt. Wir haben immer zur gleichen Zeit gebetet. Immer nach dem Essen. Erst eine Zigarette, dann Beten. Aber irgendwann habe ich ihn gefragt, worum er eigentlich betet. Man will ja etwas, wenn man betet. Weißt du, was er geantwortet hat?«

»Woher soll ich das wissen?«

»Er hat gesagt, er betet den Teufel in die Hölle zurück. Und ich habe zu ihm gesagt, das ist wohl das Beschissenste, was ich jemals gehört habe. Dann hat man uns eh wieder auseinandergelegt. Weil du mich nach meinem Talisman gefragt hast, Frankie. Weißt du, als ich so alt war wie du, da hat es einen gegeben, der konnte mich nicht leiden. Solche gibt es. Ich wusste nicht warum. Solche gibt es. Sie können dich nicht leiden. Und du hast gar nichts mit ihnen zu tun. Du willst nichts von ihnen, und du willst nicht, dass sie etwas von dir wollen. Der jedenfalls, eines Tages begegne ich ihm auf der Straße, wie gesagt, ich war so alt wie du, und er hat einen Stein in der Hand, ich geh auf die andere Straßenseite, weil ich weiß, heute ist er ungut. Und dann wirft er den Stein zu mir herüber und trifft mich am Kopf. Aber voll. Ich bin zu Boden gegangen. So ein Loch in der Stirn. Geblutet wie eine Sau. Die Narbe sieht man noch. Und da habe ich den Stein aufgehoben und eingesteckt. Man trifft sich immer zweimal im Leben. Das war die Idee.

Zweimal am Tag geht die Uhr richtig. Du hast gefragt, was kann der Stein, und ich habe dir geantwortet: Er kann warten …«

»Bitte, Opa«, unterbreche ich ihn und versuche, nicht wie ein Depp auszusehen. »Bitte, ruf Mama an! Jetzt!«

Er schaut auf das Handy, als sähe er es zum ersten Mal, zieht die Oberlippe hoch, bleibt so, starr, wie die Fotografie von einem Hund, der wütend ist, die längste Zeit schaut er das beschissene Ding an, so lange, dass ich schon meine, er ist weggerutscht, in die Römerzeit zurück, was weiß ich, oder in die Steinzeit, wo er herkommt. Und schon reißt er es mir aus der Hand, kurbelt das Fenster herunter und wirft es in den Wald hinein. Haut den Rückwärtsgang hinein, geht aufs Gas, dass die Räder durchdrehen, und bevor ich etwas sagen kann, weil ich einen leeren Kopf habe vor Schreck, setzt er zurück, mit Vollgas, schon sind wir auf einem geschotterten Weg, der Wagen dreht sich, schleudert, er schaltet in den ersten Gang, den zweiten, dritten, vierten und rast aus dem Wald hinaus, ich weiß nicht wohin. Sein Jackett bleibt im Wald hängen, seine Schuhe bleiben im Wald hängen, seine Socken, mein Kapuzenmantel. Was soll einer denken, der vorbeikommt? Und eine Pyjamahose liegt auch noch da.

5

Wenn ich über das Folgende nachdenke, meine ich, ich muss darauf bestehen zu sagen: Ich bin nicht dafür verantwortlich. Unser Lehrer in Deutsch, der auch Ethik unterrichtet, es war so um diese Zeit, ein paar Wochen vorher, hat eine Schularbeit gegeben mit dem Titel: *Was ist Verantwortung?* Der Anlass war irgendetwas Politisches, ich erinnere mich nicht mehr. Ich habe das Übliche geschrieben und die in unserer Klasse auch. Was soll jemand zu diesem Wort sagen, der noch nie für etwas verantwortlich war? Heute würde ich schreiben: Verantwortung kommt vor der Schuld. Wenn jemand Verantwortung hat und ihr nicht nachkommt, kann das zu einer Schuld führen. Der wichtigste Satz aber wäre: Wenn einer seiner Verantwortung nicht nachkommt, muss das nicht unbedingt heißen, dass auch er es ist, der die Schuld trägt an dem, was folgt, die Schuld tragen kann nämlich auch ein anderer. Ich hätte wahrscheinlich keine gute Note gekriegt. Weil ich mich so umständlich ausdrücke. Aber ich kann nicht anders. Bei dem Aufsatz habe ich ein *Sehr gut* bekommen. Da wusste ich aber noch nicht, was Verantwortung ist und was Schuld. Ich habe einfach das Übliche geschrieben, und beim Üblichen bin ich offensichtlich ganz gut, weil nicht umständlich.

Wir waren wieder auf der Autobahn. Nicht in Richtung Wien fuhren wir, wo wir auf die Raststätte *Landzeit Steinhäusl* getroffen wären und endlich hätten frühstücken können, so ausführlich, wie er mich gelockt hat, inzwischen war ich sehr hungrig, und kalt war mir immer noch. Zum Glück schien die

Sonne. Das ist doch gleich etwas anderes. Wir wickelten uns trotzdem in die Decken ein, er auch. Sie rutschte ihm immer wieder von den Schultern, weil er mit den Händen das Lenkrad halten musste. Er sagte, ich soll im Handschuhfach nachsehen, ob da Werkzeug sei oder etwas, mit dem man schneiden oder reißen oder stechen kann. Eine Sonnenbrille fand ich. Und zwei Kugelschreiber. Ich soll mit den Kugelschreibern Löcher in die Mitte meiner Decke stechen und dann mit den Händen versuchen, einen Schlitz hineinzureißen. Das tat ich. Mit Kraft gelang es mir, es waren billige Decken, zum Glück, wie sich jetzt herausstellte. Dann machte ich bei seiner Decke dasselbe. Die Schlitze waren groß genug, dass wir jeder den Kopf durchstecken konnten. Jetzt hatten wir zwei Ponchos. Warme Ponchos, kariert, mehr rot meiner, mehr blau seiner. Wie zwei Indianer sahen wir aus, ein alter und ein junger. Wenn uns ein Auto überholte, wurde uns zugewinkt. Das fanden alle lustig, dass wir Ponchos trugen. Opa setzte die Sonnenbrille auf. Noch mehr hätten sie gelacht, wenn sie gesehen hätten, dass er barfuß war und ich unter dem Hemd mein Pyjamaoberteil anhatte, das mit den Sternen, die zum Glück aussahen wie die Sterne auf der amerikanischen Flagge, weswegen man nicht gleich und unbedingt an ein Pyjamaoberteil denken musste.

Wir fuhren am langsamsten. Alle überholten uns. Auch die großen langen dicken Lkw, die inzwischen aufgewacht waren. Die hupten, wenn sie an uns vorbeizogen.

»Sie hupen, weil du so langsam fährst«, sagte ich. »Fahr schneller!«

»Solltest du dich nicht erst einmal erkundigen, woher ich sie habe«, fragte er, und ich wusste nicht, was er meinte, »bevor du fragst, wozu? Beim Woher könnte man mich belangen, beim Wozu nicht. Noch nicht. Das ist der entscheidende Unterschied, nämlich der Unterschied zwischen Vergangenheit und Zukunft.«

»Ich weiß nicht, wovon du redest«, sagte ich.

»Von einem, der sie mir besorgt hat, habe ich sie«, sagte er. Jetzt wusste ich, was er meinte, und wenn ich vorhin von Verantwortung gesprochen habe, dann war spätestens jetzt der Punkt, an dem er auf sie gepfiffen hat. »Auch nach achtzehn Jahren kenne ich noch immer solche, die mir etwas besorgen. Das sagt, was für einer ich gewesen bin. Findest du nicht? Darüber solltest du dir Gedanken machen.«

»Tu ich aber nicht.«

»Es sollte dich doch interessieren, was für einer dein Großvater war und welchen Umgang er hat, das durchgeknallteste Arschloch, das du kennst.«

»Ich will es nicht wissen«, sagte ich, und das war hundertprozentig wahr und nicht nur halb wahr. »Aber wissen möchte ich, wozu du sie hast. Was du damit anfangen willst.«

»So genau weiß ich das auch nicht, Frankie. Es ist ein gutes Gefühl, eine zu haben. Das weiß ich. Das weiß ich mit Sicherheit. Auch wenn es nur eine Damenpistole ist. Mit beschissenen Verzierungen. Wie kann jemand auf die Idee kommen, eine Pistole zu verzieren! Hast du dafür eine Erklärung, Frankie?«

»Das ist mir doch egal!«

»Willst du sie haben? Ich schenke sie dir. Ich merke ja, sie gefällt dir, Frankie.«

»Wieso soll ich eine Pistole haben wollen!«

»Ich dachte, weil du die ganze Zeit davon sprichst.« Er hob sein Becken, schob die Decke beiseite und griff in die Hosentasche. »Ich schenke sie dir gern. Die Wahrheit ist: Ich brauche sie nicht. Das müsste dich doch beruhigen.« Er zog die Pistole vorsichtig heraus, absichtlich sehr vorsichtig, zu vorsichtig, wie mir vorkam, hielt sie mir hin, am kurzen Lauf hielt er sie, so dass ich sie am Griff in die Hand nehmen könnte. »Du würdest mir eine Freude machen. Nimm sie! Frankie, sei doch nicht so! Sie steht dir gut. Aber Vorsicht! Versprich mir, dass du aufpasst!«

Ich nahm sie, hielt sie in der Mitte zwischen zwei Fingern, als wäre sie eklig. Was sie überhaupt nicht war. Er erklärte mir, dass der kleine Hebel an der Seite für Sicherung und Entsicherung zuständig ist. Oben heißt gesichert, unten entsichert. Man könne sich das leicht merken: Oben heißt Daumen hoch, heißt Leben, unten heißt Daumen hinunter, heißt Tod. Oben Leben, unten Tod. Dass ich aber trotzdem gut aufpassen muss, weil dieses Exemplar sehr empfindlich eingestellt sei.

»Also«, sagte er. »Was ist entsichert?«

»Unten«, sagte ich.

»Und gesichert?«

»Es gibt ja nur zwei Möglichkeiten.«

»Gesichert? Was ist gesichert, Frank?«

»Wenn entsichert unten ist, auf zwei zählen kann ich.«

»Ich frage ein letztes Mal: Wann ist das Ding gesichert?«

»Wenn der Hebel oben ist.«

»Du bist ein Genie, Frankie. Kannst dir zwei Sachen auf einmal merken.«

»Ich bin ein Genie, ja«, sagte ich.

»Und wenn man dich erwischt«, sagte er, »sagst du einfach, es ist eine Spielzeugpistole. So wie die aussieht, glauben sie dir das.«

»Wer glaubt das?«, fragte ich.

»Die Polizei. Wer sollte dich denn sonst erwischen?«

»Mich braucht niemand zu erwischen. Ich habe nichts getan.«

»Du bist erst vierzehn. Sie können dir nichts tun. Diesbezüglich bist du mir gegenüber im Vorteil, Frankie.«

»Und wenn ich sie zum Fenster hinauswerfe? Jetzt? Jetzt gleich?«

»Dann tu's! Tu dir keinen Zwang an! Hau sie weg! Sie gehört ja dir. Hast recht. Was sollen wir mit so einem beschissenen Ding anfangen? Eine verzierte Pistole! Wenn du die auf jemanden richtest, der kriegt einen Lachanfall. Der lacht sich tot. Den brauchst du gar nicht mehr zu erschießen.«

»Ist sie geladen?«, fragte ich.

»Kannst es ja ausprobieren«, sagte er und grinste zu mir herüber, und das Grinsen sagte etwas, und ich wusste, was es sagte. »Wir überholen einen Lastwagen, und du schießt ihm in die Reifen. Was meinst du, Frankie?«

Von da an haben wir nicht mehr viel miteinander geredet. Und uns angeschaut haben wir auch kaum. Nach Westen sind wir gefahren, weg von Wien, weg von Mama, nach ihr fragte ich nicht mehr. Was hätte das für einen Sinn gehabt, ohne Handy. Und über die Pistole redeten wir auch nicht mehr. Zu diesem Thema war alles gesagt. Ich steckte sie in meine Hosentasche.

6

Was ich im Folgenden erzähle, dafür trage ich die Verantwortung, ich allein. Ich möchte es aber noch ein wenig hinausschieben. Nicht, um es spannender zu machen. Auch nicht, um mich aufzublähen. Im Gegenteil. Manche Dinge muss man in kleinen Schritten erzählen, denke ich. Um sich klar zu werden, wie es hat geschehen können.

Bis über Linz hinaus fuhren wir. Langsam. Noch langsamer als zuvor. Und ganz rechts. Fast auf dem Pannenstreifen. Damit die Lastwagenfahrer nicht so einen Hass auf uns haben. Dann sah ich das Schild: *Raststätte Lindach Nord.*

»Ich habe Hunger«, sagte ich. »Du hast mir Frühstück versprochen. Und jetzt ist schon bald Mittag.«

Er bog ab. Der Parkplatz um die Raststätte war nur schwach belegt und sehr groß. Er fuhr bis ans äußerste Ende, wo der Wald anfing. Hinter einer Hecke stellte er den Wagen ab, den Motor ließ er laufen.

»Also«, sagte er, »du musst dir das Frühstück erst verdienen.« Er stieg aus, zündete sich mit seinem Zippo eine Zigarette an und ging um den Wagen herum auf meine Seite. »Rück auf den Fahrersitz«, sagte er. »Ich hoffe, du hast zugeschaut, wie man fährt. Also zeig's mir!«

Es war nicht so, dass ich das erste Mal ein motorisiertes Fahrzeug gesteuert hätte. Eine Zeitlang waren Mama und ich, das war gar nicht so lange her, verrückt danach gewesen, Gokart zu fahren. Jeden Sonntag und manchmal auch am Samstag gingen wir in den Prater, und sie legte Geld bei der Kassa ab. Zuerst habe ich gedacht, sie tut es wegen mir, dann hat es ihr selber gefallen. Sie wollte keinen Zweisitzer. Hätte es gegeben. Sie wollte allein fahren. Ich wäre eigentlich zu jung gewesen, um selber zu fahren. Aber dort kontrolliert niemand. Sie hatte Ehrgeiz. Soviel ich weiß, hat sie einen Führerschein, aber das ist lange her. Am Ende war ich es gewesen, der keine Lust mehr hatte. Ich weiß schon, das ist nicht das Gleiche. Aber ein bisschen ein Gefühl fürs Lenken zumindest kriegt man. Also habe ich nicht lange herumgeredet oder mich angestellt, ich wusste, was die Kupplung ist und was das Gas und was die Bremse, und wie die Gänge gehen, wusste ich auch. Und technisch talentiert bin ich. Das braucht mir keiner zu sagen, das weiß ich selbst. Also habe ich mich ans Steuer gesetzt, Kupplung, erster Gang, langsam aufs Gas, langsam von der Kupplung weg und ab, und bin eine Runde auf dem Parkplatz gefahren. Ich habe zwar nur bis in den zweiten Gang geschaltet, und ein bisschen hat es dabei gekracht, aber abgewürgt habe ich den Motor nicht, und das Lenkrad habe ich stabil gehalten. Mehr kann man von einem Vierzehnjährigen nicht verlangen. Am Schluss stellte ich den Wagen wieder fein säuberlich fachmännisch auf dem hintersten Parkplatz beim Waldrand ab, schob den Ganghebel auf Leerlauf und zog die Handbremse.

Opa lachte, trommelte mit den Fäusten auf das Armaturenbrett und jauchzte wieder und bot mir eine von seinen Marlboro an. Ich lehnte dankend ab.

»Ah, geh schon! Frankie! Du bist ein Genie! Du bist besser als die Besten! Komm, rauch eine mit mir! Wir sind Indianer!«

Also nahm ich eine. Er zündete sie mir an, ich hielt sie in

der Hand, aber gezogen habe ich nicht daran. Der Motor lief immer noch.

»Und jetzt«, sagte er, »drück die Kupplung und leg den vierten Gang ein! Kupplung langsam loslassen, bis der Motor verreckt. Ich schalte ihn wieder kurz, wenn wir weiterfahren. Ich werde dir zeigen, wie das geht. Das ist ganz einfach. Du musst nur mit den Fingern tun, was sonst oben der Zündschlüssel tut, fertig. Das geht aber nur bei so einem alten wie dem da. Bei den neuen brauchst du das erst gar nicht zu probieren.«

Ich tat, was er sagte, der Wagen ruckte, und dann war er still. Verreckt, der Motor.

»Gib die Zigarette her«, sagte er. »Wenn du eh nur paffst, und nicht einmal das!«

Er nahm sie mir aus der Hand, rauchte nun beide, gleichzeitig.

»Wohin fahren wir weiter, wenn wir weiterfahren?«, fragte ich.

Darauf bekam ich keine Antwort. Er stieg aus, und ohne sich nach mir umzudrehen, ging er auf die Raststätte zu. Er geht immer davon, ohne sich umzudrehen. Ich folgte ihm. Unsere Ponchos behielten wir an. Und er die Sonnenbrille. Obwohl der Himmel schon wieder zugezogen hatte. Und barfuß war er. Schade um seinen schönen Anzug, schade um die Sneakers und die Socken, schade um meinen Wintermantel.

Ich musste aufs Klo. Er sagte, er suche inzwischen einen Tisch für uns und fasse Frühstück aus, ich solle mich überraschen lassen. Die Toiletten waren alle besetzt, ich wollte mich nicht an ein Pissoir stellen. Wenn neben mir einer brunzt, kann ich nicht. Dann war eine Kabine frei, aber dort wollte ich nicht, weil so ein Gestank war. Bei der nächsten freien Kabine ging mir einer vor, mit dem ich mich nicht anlegen wollte. Ich überlegte schon, zu den Damen hinüberzuwechseln, dort war alles leer, aber wer weiß, wie lange, und auf einen Anschnauzer konnte ich gut verzichten. Eine Auseinandersetzung, auch wenn sie nur leicht wäre, könnte schnelle Bewegungen meinerseits zur Folge haben, die Pistole steckte zwar tief in meiner Hosentasche, aber wer weiß, was für Bewegungen das wären, und wenn sie herausfällt, Mahlzeit! Ich hätte ins Freie gehen und mein Geschäft an einem Baum erledigen können, aber jetzt war ich einmal hier, und es tat mir gut, ein paar Minuten allein zu sein. Wir leben in Zeiten, wo man nur am Klo allein ist! Der Ausspruch kommt nicht von mir. Allzu lange wollte ich allerdings nicht allein sein, denn dann hätte das Nachdenken eingesetzt. Ich sah mich im Spiegel und fand, ich sah besser aus, als ich befürchtet hatte. Ich fühlte mich nämlich graugesichtig. War ich aber nicht.

Ich betrat das Restaurant und schaute mich nach Opa um. Er saß in der finstersten Ecke, und er war nicht allein. Eine Frau war bei ihm. Sie lachten und griffen sich gegenseitig an die Oberarme und an den Hinterkopf. Von Frühstück nichts. Er sah mich und winkte mir zu.

»Frankie!«, rief er. »Frankie, weißt du, wer das ist? Soll einer noch sagen, der Himmel liebt deinen Großvater nicht, dieses durchgeknallteste Arschloch weit und breit!« Er wandte sich an die Frau. »Das ist der Titel, den er mir verliehen hat.«

»Sauber«, sagte sie.

»Das ist Brauni!«, rief er, da stand ich schon an ihrem Tisch. »Alias die liebe Brunhilde!«

»Sag das nicht«, knurrte sie. »Der weiß doch gar nicht, dass das ein Name ist.«

Er war aufgekratzt, seine Stimme höher als sonst. »Das ist meine brillante Freundin! Weißt du, was wir gerade gesprochen haben?«

»Woher soll er das wissen, Nandi!«, sagte sie und zu mir: »Nichts Wichtiges.«

»Wir haben uns früher gern gegenseitig ausgefragt, was für ein Tier sie oder ich sein will. Wenn wir Tiere wären. Verstehst du? Darüber haben wir gerade gesprochen.«

Ich konnte schwer schätzen, wie alt sie war. Je näher ich an den Tisch gekommen war, desto älter war sie geworden. Ich würde sagen, um die Mitte fünfzig. Oder ein bisschen jünger. Viel jünger aber nicht.

»Er ist ein Rabe«, sagte sie und lächelte mich an. Sympathisch eigentlich. Um die Augen hatte sie Falten, so tief, dass sie fast schwarz schienen, und das sah schmutzig aus, aber es stand ihr gut. Die Haare waren sehr blond, jemand müsste ihr raten, sich diesbezüglich etwas zurückzunehmen.

»Ich bin ein Rabe!«, rief Opa ins Restaurant hinein. »Ich habe Brauni gesagt, dass wir mit dem Bus gekommen sind, und sie hat gefragt, warum wir mit dem Bus zu einer Autobahnraststätte fahren. Sag's ihr, Frankie!«

»Weil es auf Autobahnraststätten das beste Frühstück gibt«, sagte ich.

»Und warum wir nicht mit dem eigenen Auto gefahren sind?«

»Weil wir kein eigenes Auto haben.«

»Na, was hältst du von ihm?«, sagte Opa. »Und dann, Frankie, hat sie gesagt, nach ihrem Kenntnisstand halten Linienbusse gar nicht auf Autobahnraststätten. Was sagst du dazu?«

»Opa hat dem Fahrer die Pistole an den Kopf gehalten, da ist er auf den Rastplatz gefahren und hat uns aussteigen lassen.«

»Frankie«, sagte sie, »dein Opa hat recht, du bist ein Genie. Darf ich Frankie sagen?«

»Klar«, sagte ich. »Und was für ein Tier wollten Sie sein?«

»Er ist fünfzehn und kann Auto fahren wie ein Fahrlehrer«, sagte Opa.

»Ich bin vierzehn«, sagte ich, und was für ein Tier die Dame hatte sein wollen, erfuhr ich nie.

Es war so, das heißt, ich weiß nicht genau, ob es so war: Opa behauptete, er habe die Frau zufällig hier getroffen. Wirklich vorstellen kann ich mir das nicht, aber wenn er es sagt und wenn sie dazu nickt, meinetwegen. Sie kennen sich von früher. Von *vorher*. Sie haben einmal etwas miteinander gehabt. Das hat er nicht gesagt, aber um das mitzukriegen, musste man kein Hellseher sein. Sie nannte ihn »Nandi«. Von Ferdinand. Fast bin ich wieder rot geworden. Diesem Mann einen Namen zu geben, der mit »i« endet, fand ich mehr als unangebracht. Egal, ob mit y oder ie oder nur mit i. Opas Lügerei war mir jetzt auch schon egal. Was er der Dame sonst noch auf den Buckel geladen hat, betreffend barfuß und Poncho und so weiter, das weiß ich nicht.

»Also Frühstück!«, sagte sie.

»Frühstück«, sagte er.

Sie ging zur Theke, und er beugte sich zu mir: »Sie lädt uns ein. Brauchst dich aber nicht bei ihr zu bedanken.«

Und da war sie auch schon wieder. Mit zwei Riesensandwiches und einer Riesen-Coca-Cola. Die Dame, die sich Brauni nannte. Obwohl ihre Haare eher gelb waren. Opa grinste. Und wieder ahnte ich, was der Grinser bedeuten sollte, nämlich: Das hättest du nicht gedacht, oder?

7

Nein, das hätte ich nicht gedacht.

Opa legte zwei Fünfziger vor mich auf den Tisch, schob die Brote und die Flasche zu mir herüber, schaute mich an, als hätte er eine glatte weiße Maske über dem Gesicht und die Augen hinter den Schlitzen wären Kinderaugen, er schüttelte den Kopf, und dann gingen sie. Brauni und Nandi. Und ich blieb sitzen. Weil ich dachte, sie suchen sich etwas aus, ein dummes Kind, wie ich war, etwas für sich suchen sie, an der Theke oder im Supermarkt. Was soll denn das für ein berühmtes Frühstück sein, zwei mit Käse, Salami und Salat belegte Weißbrote und ein Doppelliter Coca-Cola! Verdammte Scheiße! Oder sie suchen im Supermarkt vorne etwas für mich. Ein Geschenk. Das dachte ich. Weil ich das Genie bin. Aber was kann mir in diesem Laden schon gefallen! Etwas, damit ich mich an unser Abenteuer erinnere? Ein Teddybär? Ich bin vierzehn, aber ich denke mindestens wie ein Siebzehnjähriger, ganz sicher nicht wie ein Sechsjähriger. Und dann sah ich sie durch das Fenster an den Tanksäulen vorbeigehen. Und ich sah sie in einen Wagen einsteigen, es war ein kleiner weißer Fiat 500 mit einem dunkelroten Stoffverdeck. So einer, wie sich Mama vorstellen kann, dass ihr einer gefällt. Die Frau setzte sich ans Steuer, Opa neben sie. Und dann fuhren sie ab.

Nein, das hätte ich wirklich nicht gedacht.

Ich aß eines der beiden Brote. Tunkte es in die Mayonnaise und das Ketchup, die ich aus den kleinen schmalen Plastikkissen auf den Teller quetschte. Ich hatte Hunger, aber geschmeckt hat es mir nicht. Wenn man selbst kocht, schmeckt einem selten etwas im Gasthaus. Und einen Hass hatte ich. Sorgen machte ich mir keine. Ich bildete mir ein, ich weiß, was da läuft. Vielleicht hat er die Gelbblonde tatsächlich zufällig getroffen, man soll den Zufall nicht unterschätzen. Oder sie haben sich das ausgemacht. Und jetzt fahren sie zu ihr und vögeln. War ihm ja zu gönnen. Hat er ja achtzehn Jahre lang nicht gehabt. Ich bin nicht auf den Kopf gefallen. So wie sie sich angezogen hat, das zielt doch genau darauf, das war ein rosaroter Pullover, wenn ich mich nicht täuschte, Angorawolle, eng anliegend. Angorawolle, weil sich Hände wohlfühlen sollen, wenn sie damit in Berührung kommen. Der alte Sack hat sich geniert, mir die Wahrheit zu sagen. Dass er unbedingt mit der Gelbblonden will.

Ich wartete eine Stunde in dem Restaurant. Das fiel niemandem auf. Am ehesten würde mein Poncho auffallen. Da sitzt ein Bursch mit einem Poncho, der sitzt schon die längste Zeit dort hinten, was ist mit dem. Dann hätte in der Stunde jemand komisch zu mir herübergeschaut. Hat niemand.

Ich gebe zu, ich hatte keine Ahnung, wie das genau geht, was Brauni und Nandi miteinander trieben. Ich muss das nicht wissen in meinem Alter. Und wenn man sich manchmal

Pornos im Netz anschaut, dann kriegt man Details auch nicht mit, ich meine, man kann daraus nicht berechnen, wie lange das normalerweise geht, man sieht immer nur, knapp bevor es vorbei ist. Also Hinfahrt geschätzte zwanzig Minuten, Rückfahrt noch einmal zwanzig Minuten, macht vierzig Minuten, und dann zwei Stunden die Sache selbst. Zusammen, großzügig aufgerundet, drei Stunden.

Ich wickelte das zweite Sandwich in eine Serviette, klemmte die Cola-Flasche unter den Arm und ging hinüber in den Supermarkt. Ich wollte die Zeit einfach niederschlafen. Das schien mir das Vernünftigste. Wie in der anderen Raststätte war da ein Stapel mit eingeschweißten Decken, das Stück für 9 Euro 90. Ich nahm zwei, zahlte und ging über den Parkplatz, fast hätte ich gesagt, zu »unserem« Wagen. Ich legte mich auf den Rücksitz, eine Decke wieder als Kissen, mit der andern deckte ich mich zu, den Poncho behielt ich an. Bevor ich einschlief, schaute ich auf die Uhr am Armaturenbrett, es war zwanzig nach elf Uhr Mittag. Ab ins Mittagsschläfchen. Ich wickelte mich ein, so dass nur ein kleiner Spalt für die Nase offen blieb. Ich hoffte, wenn jemand durchs Fenster hereinschaute, würde er meinen, hinten haben die eine Ladung karierte Wolldecken deponiert, und mehr nicht.

Ich schlief, wachte auf, schlief wieder ein, ich will es nicht spannender machen, als es war, Warten ist nicht spannend, das Spannende kommt, wenn es überhaupt kommt, erst nach dem Warten. Und so war es. Ich wartete nicht drei Stunden, wie ich geschätzt hatte, ich wartete zwölf Stunden.

Um elf Uhr und dreißig Minuten in der Nacht sah ich sein Gesicht, er presste es gegen die hintere Seitenscheibe. Bevor er einsteigen konnte, war ich schon draußen, fast hätte ich ihm die Tür gegen die Nase gehauen. Der weiße Fiat mit dem roten Stoffdach stand etwa zehn Meter entfernt. Ich sah den gelbblonden Kopf aus dem Seitenfenster schauen, in der Laterne war er am Scheitel violett.

»Du bist wirklich das beschissenste Arschloch auf der ganzen Welt!«, schrie ich. »Ich zeig dich an! Das ist Menschenentführung, du blöder Hund!«

»He, he, Frankie«, sagte er. »Reg dich ab! Warum bist du noch hier? Ich habe gedacht, du bist nach Hause gefahren. Ich hab's dir ja beigebracht.«

»Das hat du nicht gedacht! Du hast überhaupt nichts gedacht, weil du in deinem beschissenen Kopf nichts denken kannst! Für dich reicht es grad bis zum Gefängnis!«

»Frankie, halt! So nicht!«

»Wie nicht? Wie denn? Ich kann nicht Auto fahren. Wie soll ein Vierzehnjähriger auf der Autobahn nach Wien fahren, ha?«

»Ich hab dir hundert Euro gegeben, du hättest ja mit dem Zug fahren können. Eine halbe Stunde zu Fuß von hier, dann bist du bei einem Bahnhof. Man hat ein Mundwerk nicht nur, um seinen Großvater zu beleidigen, man kann damit auch nach dem Weg fragen. Ich hab gedacht, so vif bist du. Bist du nicht. Kannst halt nicht bis zehn zählen!«

»Und auf wie viel kannst du zählen, ha?« Ich merkte, dass ich gleich zu heulen anfange. »Auf zehn oder nur auf drei? Du bist der Loser. Zähl auf drei, komm, fang an, eins, zwei. Ein Versager. Ein peinlicher Scheißhaufen, das bist du!«

»Frankie«, sagte er. »Es ist gut. Schluss jetzt!«

»Was ist gut?«, keuchte ich, ich fühlte mich, als wäre ich einen Hügel hinaufgerannt. »Es ist Schluss, genau. Aus. Vorbei. Das ist gut. Leck mich am Arsch, du Arschloch.«

»Sag das nicht noch einmal, Frankie! Es genügt jetzt!«

»Arschloch!«, schrie ich. »Wie soll man zu einem Arschloch anders sagen als Arschloch!«

Da sprang er vor, packte mich an den Schultern und gab mir einen Stoß, und ich krachte mit dem Rücken gegen das Auto und meinte, das Kreuz ist mir gebrochen. Er drehte sich um und ging davon. So typisch! Warf die Arme in die Luft. Ich zog die Pistole aus der Hosentasche, klappte den Hebel nach unten und schoss.

»Das ist kein Spaß!«, sagte er, nur halb drehte er sich zu mir hin. Angst sah ich in seinem Gesicht nicht. Ich hatte ihn nicht getroffen. Ich wollte ihn auch gar nicht treffen. Die Laternen auf einem Autobahnrastplatz können ein Gesicht falsch aussehen lassen. Dass er doch Angst hatte.

Ich schoss noch einmal. Und diesmal traf ich und hatte treffen wollen. Seine lange Figur sank in eine halbe Rundung. Einen Schritt machte er in dieser Haltung auf mich zu, dann richtete er sich auf. Ich schoss ein drittes Mal. Diesmal riss es ihn vom Boden, und er fiel. Die Beine gespreizt, alles sehr lang und dünn an ihm. So lag er auf dem Asphalt. Auf dem Rücken. Wie ein dürrer Hampelmann, eine Marionette, bei der einer die Fäden abgeschnitten hat. Der weiße Fiat mit dem roten Stoffdach fuhr an und raste davon. Und ich rannte davon. In den Wald hinein.

Vier

1

Miss Raven MP 25 Mouse Gun Saturday Night Special war warm, und ich dachte, wenn sie erst wieder kalt ist, werfe ich sie weg und trete sie unter das Moos, wo man sie nach tausend Jahren finden wird, wenn keiner mehr weiß, was einer damit anfangen kann. Aber wie sollte sie kalt werden, wenn ich sie doch in meiner Hand hielt, und meine Hand war warm, und bald war die Pistole warm nicht mehr von den Schüssen, sondern von meiner Hand. Opa hatte recht: Die in den Filmen haben unrecht und keine Ahnung. Wäre die Geschichte, die nun seit einer halben Stunde spielte, der Plot eines *Tatort*, würden Batic und Leitmayr zueinander sagen: Der vierzehnjährige Täter rannte in Panik durch den nächtlichen Wald. Am Anfang rannte der Täter, das ist richtig, aber nicht in Panik rannte er, und das war vernünftig und nicht panisch. Bald aber rannte er nicht mehr. Ich hätte stürzen und mich verletzen können. Der Wald wurde dichter, je weiter ich ging, bald sah ich nichts mehr. Ich ging nicht mehr, ich tastete mich mit ausgestreckter linker Hand vorwärts, um nicht an den Stamm eines Baumes zu stoßen. Und wenn ich in ein Gesicht greife? Man rechnet zwar damit, dass einem im schwarzen Wald niemand begegnet. Aber besser ist, man ist gefasst. Die rechte hielt ich im Anschlag. Auch mit den Füßen tastete ich mich Schritt um Schritt vorwärts. Prüfte erst mit der Sohle, bevor ich auftrat. Ob da etwas Weiches, Lebendiges läge. Ich hätte gern noch einmal auf etwas geschossen, das muss ich zugeben. Drei Schüsse hatte ich ja noch. Aber diese Lust hielt nicht lange. Und ich war froh, als sie weg war. Ich steckte die Pistole in die Hosentasche.

In dieser Nacht machte ich die Erfahrung, dass man manchmal Dinge weiß, die man nicht wissen kann, aber man weiß diese Dinge nicht weniger deutlich, als wenn sie wissenschaftlich bewiesen wären. Es ist nicht so kompliziert, wie es sich ausspricht, das muss ich dazusagen. Es ist das Einfachste von der Welt, genau genommen.

Ich berührte etwas. Etwas direkt vor mir. Etwas aus Holz. Es verstellte mir den Weg. Ich tastete es ab und kam zu dem ersten Schluss, es könnte ein Häuschen sein. Klein wie eine Hundehütte. Vielleicht war es ja eine Hundehütte. Aber mein Kopf sagte mir: Was soll eine Hundehütte mitten im Wald? Ich klopfte darauf. Kein Bellen oder Knurren. Es war nicht höher als meine Brust. Oben war ein Deckel. An dem Deckel war ein Schloss. Das ist eine Kiste, in der die Waldarbeiter irgendwelche Sachen ablegen, damit sie freie Hände haben und nicht immer alles nach Hause schleppen müssen. Da können sie abladen. Das war das eine, was mir mein Kopf sagte. Das andere war eher unheimlich, wenn ich genau sein will: Frank, du musst dich entscheiden, sagte mein Kopf, ob du rechts von dieser Kiste weitergehst oder links. Rechts kommst du gleich einmal raus aus dem Wald, links kommst du vielleicht nie mehr raus. Links wird es nie wieder hell. Da wird deine Haut weiß werden wie ein Bandwurm. Links wirst du irgendwann hinfallen und nicht mehr aufstehen. Links wirst du einschlafen, und es wird schön und warm sein, aber du wirst nie wieder aufwachen. Man kann darüber lachen und sich das Maul zerreißen. Ich erzähle nur, was mir zugestoßen ist und was mir dabei durch den Kopf ging. Die meisten Menschen treiben sich nie in der Nacht im Wald herum. Dabei sollte das jeder Mensch einmal im Leben tun, dann würde er anders über die Welt denken, davon bin ich überzeugt. Nachts im Wald denkt man über Großes nach. Ich meine, über Größeres, als man am Tag denken würde. Das wiederum sollte man nicht allzu lange tun, weil es bald unheimlich wird. Also sagte ich zu mir: Frank, du willst raus aus dem Wald, und das möglichst schnell, auch wenn es draußen ungemütlich wird für dich. Und dieses komische Gefühl, nämlich dass du von irgendetwas eine Ahnung hast, von dem du keine Ahnung haben kannst, das möchtest du loswerden, und auch das möglichst schnell. Also ging ich rechts an dem Kasten vorbei. Dorthin, wo es aus dem Wald hinausging. – Das ist alles. Ich hätte es auch nicht erzählen müssen. Jetzt habe ich es halt getan. Fertig.

Rechts war ein schmaler Streifen Wald, dahinter breitete sich Wiese aus. Genau so, wie ich es innerlich gewusst hatte. Der Himmel war bewölkt, aber Vollmond war, und die Wolken waren nicht dicht, und wo er am Himmel stand, war ein matter Schein, ein langer verwischter heller Fleck. Das genügte. Ich schritt über die Wiese auf eine Baumreihe zu, schmale, hohe Bäume wie Zinken. Bald erreichte ich eine geteerte Straße, an der ging ich entlang, in der einen Richtung war wieder Wald, in der anderen Wiese und Felder, diese Richtung nahm ich. Es war eine Allee, Pappeln, glaubte ich, oder gemischt, wer hat in so einer Situation Interesse an Bäumen. Häuser sah ich nicht, auch keine Strommasten. Zweimal kam mir ein Auto entgegen. Ich stellte mich hinter einen Baum. Keiner würde sagen können, er habe etwas gesehen. Ich hatte keinen Plan, keinen eigenen. Ich tat, was Opa für mich vorgesehen hatte. Wenn es wahr ist. Opas Wahrheiten, genauso wie seine Unwahrheiten, sie spielten keine Rolle mehr. Ich würde gehen, bis ich in eine Ortschaft käme. Dort würde ich den Bahnhof suchen und eine Fahrkarte nach Wien lösen. Nicht jede Ortschaft verfügt über einen Bahnhof. Ich vertraute. Ich hatte eine gute Kondition, und ich vertraute. Für einen Vierzehnjährigen ist vieles leichter als für einen Erwachsenen, und die guten Zufälle schauen sich lieber nach einem Vierzehnjährigen um als nach einem Einundsiebzigjährigen. Das war meine Meinung.

Ich hatte Glück: Ich erreichte eine Bahnlinie. Die Geleise lagen mitten im Feld, kaum ein Damm. Ich wählte beliebig eine Richtung, ging auf den Schwellen, was umständlich ist, denn entweder man nimmt pro Schritt eine Schwelle, dann sind die Schritte zu kurz, bei zwei Schwellen sind sie zu lang. Ich wechselte ab, zwei kurz, zwei lang. Irgendwann würde ich auf einen Bahnhof treffen. Und so war es.

Ich nenne den Ort nicht. Es begann bereits hell zu werden. Ich ging nun zwischen der Lärmschutzmauer und den Schienen und war gut gedeckt vor Blicken. Mit der Pistole in der Hosentasche wollte ich nicht in den Zug steigen. Am Rand des Bahnhofsgeländes war eine schmale Lücke zwischen den Geleisen und dem Bahnsteig, dorthinein schob ich sie. Ich sah sie mir noch einmal an. Das heißt, ich sah sie mir zum ersten Mal richtig an. Der Lauf war kurz und stumpf, aus blankem Stahl, der Griff aus weißem Perlmutt. In den Griff waren auf beiden Seiten künstlerische Einritzungen. Sehr fein. Je eine Rose auf der einen und der anderen Seite, dazu ein Stängel mit zwei Blättern und zwei Dornen. Sicher hatte das etwas zu bedeuten, warum macht man sich sonst diese Mühe. Aber wahrscheinlich waren die Verzierungen von einer Maschine eingestanzt oder eingebrannt worden. Wenn so, dann hatten sie keine Bedeutung und waren nur Schmuck. Auch diesbezüglich musste ich Opa recht geben: warum Schmuck bei einem Ding, mit dem man jemanden umbringen kann? Faustgroße lose Zementbrocken lagen in dem Spalt unter dem Bahnsteig, ich schob die Pistole hinein und legte einen Brocken davor. Wer sollte sie hier je finden? Hier war sie geschützt vor Regen. Nur ich würde sie finden. Ade, Raven MP 25 Mouse Gun Saturday Night Special! Den Poncho stopfte ich auf dem Bahnsteig in einen Papierkorb. Mit dem Pullover allein war es zwar sehr frisch, aber weniger auffällig. Und bald würde ich im Zug sitzen.

Die Versuchung war groß, mir auszudenken, was morgen, übermorgen oder in den Tagen danach geschehen würde oder in der nächsten Stunde. Ich gab der Versuchung nicht nach, mir Dinge auszumalen, die ja alle gefährlich sein würden für mich. Ich hielt den Augenblick aus, den ruhigen, blinden, der nichts weiß. Das ist leicht gesagt. Man muss stur und geistlos sein und tapfer. Das eigene Gehirn macht einem den Feind. Das eigene Gehirn verrät einen. Es ist nicht der fremde Feind, der einen verrät.

Ich tippe als Ziel »Wien« in den Fahrkartenautomaten und stecke den Fünfzigeuroschein in den Schlitz und bekomme Fahrkarte und Rückgeld heraus. Alles vorschriftsmäßig, alles problemlos. Wegen Schwarzfahren jedenfalls kann man mich nicht drankriegen. Dass ich noch nicht ganz auf der Höhe bin, erkenne ich daran, dass mir nicht gleich einfällt, was für ein Tag ist. Ich bin der Einzige am Bahnsteig. Dann rechne ich richtig: Es ist Sonntag. Ich bedanke mich dafür, innerlich. Als ob am Sonntag nicht gilt, was sonst gilt. Als ob ein Zuständiger sagen würde, warten wir bis Montag.

Es ist Sonntag. Acht Uhr zwölf fährt der Zug nach Linz. Dort umsteigen nach Wien. Zehn Uhr siebenundvierzig Ankunft in Wien Hauptbahnhof. Bis zum Schlafengehen habe ich zwölf Stunden vor mir. Was in dieser Zeit geschieht, liegt in der Verantwortung von anderen.

2

Vom Hauptbahnhof nach Hause, das sind zu Fuß zwanzig Minuten. Um Viertel nach elf stehe ich vor unserer Wohnungstür. Ich klingle und setze mich auf die Stufen, die in den nächsten Stock hinaufführen. Ich bin sehr müde.

Mama öffnet, sie trägt ihren schillernden weißen Morgenmantel und ist barfuß. Sie läuft zu mir, kniet vor mir nieder, umarmt mich und schluchzt und legt ihren Kopf in meinen Schoß. Ich sehe einen Mann in die Tür treten. Er hat nur Shorts an, gestreifte, und ein weißes T-Shirt. Und eine mordsgoldene Armbanduhr. Er lächelt. Alles wird gut. Alles ist gut. Er lächelt, als sähe er das gute Ende vor sich. Es ist ihr Freund, denke ich, er hat ihr viel Leid abgenommen in den vergangenen Stunden. Er wird zu ihr gesagt haben, so sind wir, so sind wir Männer, wenn wir jung sind, wir hauen manchmal von zu Hause ab, das ist gesund, das brauchen wir.

»Frankie«, sagt sie, ihr liebes Apfelgesicht nahe an meiner Nase. »Frankie!« Das höre ich nicht gern. Hat sie noch nie gesagt oder höchst selten. Mit ä und ie.

»Es ist alles gut, Mama«, sage ich und schiebe sie weg. »Ich bin nur müde und erledigt.«

»Was ist das«, heult sie, »der Dreck … mein Gott … was ist passiert …«

Die Hose bis zum Schritt hinauf zerrissen und verdreckt. Ich springe auf, weil ich denke, sie sieht Blut irgendwo. Aber es ist nur der Wald. Die Hände harzig, schwarz, vielleicht auch das Gesicht, ich bin ja herumgefahren mit den Händen im Gesicht. Wie ein Irrer. Ich solle mich gleich ins Bad legen, sagt sie.

Der Mann nickt. Als kenne er das alles. Als habe er genau das erwartet, den Dreck, die zerrissene Hose. »Lass uns erst frühstücken«, sagt er. »Er sieht toll aus!«

»Spätes Frühstück«, sagt Mama entschuldigend. »Was hast du mitgemacht?«

»Es ist ja Sonntag«, sage ich. »Ich habe nichts mitgemacht.«

In der Küche, als wir am Tisch sitzen, stellt sie ihn mir vor. Er heißt Robert.

Ich sage: »Mama, ich freue mich!«

»Ehrlich?«

»Ehrlich.«

Robert reicht mir die Hand quer über den Tisch hinweg, wiederholt, dass ich toll aussehe. Dass ich dreckig bin, stört ihn nicht. Viele Speisen stehen auf dem Tisch, die wir sonst nie einkaufen. Ich nehme die Hand und schüttle sie. Er macht ein

Foto von mir mit seinem Handy. Ich soll mich an die Tür stellen, damit man mich als Ganzes sieht, also auch die dreckigen Hosen. Die Schuhe habe ich natürlich nicht mehr an. Ich freue mich darauf, sie zu putzen, das hat einen Sinn, man muss genau vorgehen, heraus kommt ein sinnvolles Ergebnis. Er zeigt das Bild erst mir, dann Mama. Das Licht sei nicht gut, sagt er. Noch eines. Das wird besser. Ein großer Teller mit Früchten steht hier, exotische Exemplare, die ich auf dem Naschmarkt schon gesehen habe, deren Namen ich aber nicht kenne. Bei manchen weiß ich nicht, wie man sie essen soll. Sicher ein Gastgeschenk von ihm. Genau, was ich dachte, sagt er jetzt zu Mama: dass wir Männer so sind. Und dass er in meinem Alter schon mindestens dreimal von zu Hause abgehauen ist. Nicht, weil er seine Eltern nicht gemocht habe, das habe damit nichts zu tun. Das dürfe sie – also Mama – nicht denken. Er spricht von sich und meint mich. Lieb von ihm. Ob er auch so ausgesehen habe, so dreckig und zerkratzt, fragt Mama. Ich sehe, meine Handrücken, beide, sind blutig, getrocknetes Blut. Auf den ersten Blick erkenne ich keine Wunde. Ich erinnere mich aber, dass ich an Äste und Stämme gestoßen war, als ich mich durch den Wald getastet und Angst gehabt hatte, in ein Gesicht zu greifen. So lange her kommt mir das vor.

Nach Opa fragt Mama nicht.

»Ich mag nicht darüber reden«, antworte ich, als hätte sie doch gefragt.

»Das versteh ich«, sagt sie.

»Am liebsten möchte ich überhaupt nie darüber reden«, sage ich. »Auch morgen nicht und übermorgen auch nicht.«

»Das verstehe ich«, sagt sie.

»Nicht, weil etwas Schlimmes passiert ist«, sage ich. »Ich will einfach nicht.«

»Das verstehe ich«, sagt sie zum dritten Mal.

Robert ist ein Stück älter als Mama. Seine Hände und Unterarme sind braun, seine Stirn ist es auch. Als käme er gerade aus dem Urlaub zurück, Griechenland wahrscheinlich. Er ist ordentlich unrasiert und hat krauses, wirres Haar und viel davon und helle Augen, obwohl dunkle Haare. Und ist groß. Und schaut Mama lieb an. Und mich auch. Ich bin zufrieden. Jetzt reiche ich ihm die Hand über den Tisch hinweg, jetzt bin ich dran, denke ich, ich bin ja so etwas wie der Hausherr. Er nimmt sie und schüttelt sie, wie ich seine geschüttelt habe. Und beide stehen wir dabei auf. Damit Mama sich noch mehr freut. Ich bin in der Laune, Mama eine Freude zu machen. Die Orangenmarmelade ist auch neu. Hat es bisher bei uns noch nie gegeben. Und das Knäckebrot auch. Haben Mama und ich einmal probiert und dann verworfen. Es muss einem nicht alles schmecken.

»Wenigstens einmal hättest du anrufen können«, sagt sie.

»Mama, ich will nicht darüber sprechen!«

»Ich verstehe«, sagt sie.

Ich kann nicht anders: »Das sagst du jetzt zum vierten Mal, Mama.«

»Sie hat sich eben Sorgen gemacht«, sagt Robert. »Das darfst du ihr nicht nachtragen, Frank. Sei ihr nicht böse.«

»Lass ihn doch«, sagt Mama sanft.

Er sagt Frank. Nicht Frankie. Sehr gut. Er ist lieb.

Warum ich bereits jetzt schon und dann gleich dreimal hintereinander über ihn sage, er ist lieb? Keine Ahnung. Sollen sich andere den Kopf darüber zerbrechen. Er nimmt mir vielleicht Mama weg. Und wenn? Ich schaue sie ja nicht einmal richtig an. Keiner in meinem Alter schaut seine Mutter genau an. Er dagegen schaut sie dauernd an. Er kann sie haben. Die beiden werden mir ja nicht Besuchsverbot erteilen. Wann immer ich will, werde ich vor der Tür stehen. Klingeln oder klopfen oder beides. Ich habe vergessen, ihn nach seinem Beruf zu fragen. Sänger bei der Volksoper? Das glaube ich nicht. Als ob in dieser Angelegenheit jemanden interessiert, was ich glaube. Ich nehme von allem etwas. Auch vom Knäckebrot und von der Orangenmarmelade. Bei einer Frucht, den Namen habe ich vergessen, erklärt mir Robert, wie man sie schält und isst. Sie schmeckt nach gar nichts.

Nach dem Frühstück lässt mir Mama Wasser in die Wanne laufen, gießt ein Badeöl dazu, das Wasser wird grün, es riecht nach Fichtennadeln. Ob sie mir den Rücken schrubben soll, fragt sie. Ich soll mich aber erst einweichen. Und heiß nachlaufen lassen. So lange, wie ich Lust habe. Das Bad gehöre mir. Sie hätten schon. Ich ziehe mich aus, werfe die Sachen auf einen Haufen, schalte das Radio ein. Auf der Digitaluhr sehe ich, dass noch gute zwanzig Minuten sind bis zur vollen Stunde und zu den Nachrichten. Musik mag ich nicht hören. Ich schalte das Radio aus und weiche mich ein. Ich rechne nach: Ich habe keinen Tag Schule versäumt. Es war in der Nacht von Freitag auf Samstag, als ich die Wohnung verlassen habe. Was man alles in so wenige Stunden hineinkriegt! Ich sage sonst nie über einen Menschen, er ist lieb. Habe ich bisher nie getan. So entsteht eine Angewohnheit. Man weiß nicht wie, sie ist auf einmal da. Wenn man dreimal hintereinander etwas tut oder sagt, kann man bereits von einer Angewohnheit sprechen. Diese will ich mir jedenfalls gleich wieder abgewöhnen.

Ich schrubbe mich selber ab. Dazu brauche ich niemanden. Die Arme, Hände und Füße mit der Nagelbürste. Ich wickle mich in ein Badetuch und schleiche durch den Gang in mein Zimmer. Ich höre die beiden in der Küche sprechen. Was sie sagen, interessiert mich nicht. Die Stimmen klingen friedlich. Es tut gut, mit den nackten, aufgeweichten Füßen über unsere Holzdielen zu gehen. Da werde ich nie anders können, als zu denken: Ich bin daheim. Ich lege mich nackt ins Bett. Seit über zwanzig Stunden habe ich nicht mehr geschlafen. Das machen mir nur wenige in meinem Alter nach. Ich habe einen Gedanken und habe ihn schon nicht mehr.

3

Am Sonntag also geschah nichts. Ich schlief bis in den späten Nachmittag hinein. Ein guter, satter Schlaf. Ohne Traum und ohne zu schwitzen. Keinmal bin ich aufgewacht. Und dann Augen auf, und ich war frisch und glücklich, weich und warm in dem frisch überzogenen Bett, das Fenster gekippt, ein kühler Hauch von draußen strich über meine Stirn. Mama war im Bad. Sie richtete sich für die Abendvorstellung her. Als sie mich im Flur hörte, rief sie, Robert habe ein wundervolles Erdäpfelgulasch gekocht, es stehe auf dem Herd, ich brauchte es nur aufzuwärmen. Ich hörte die Musik aus dem Badezimmerradio. Durch das Küchenfenster sah ich die Giebel der Häuser vis-à-vis. Sie waren im Schatten, der Himmel darüber wie helles Metall, keine Wolke. Wenn irgendetwas geschehen wäre, wäre der Tag nicht so vergangen, wie er für uns vergangen war, für Mama und mich. In einem guten Land leben wir, in einer guten Stadt.

Der Tisch in der Küche war für mich gedeckt. Ein tiefer Teller, ein Löffel, eine Serviette, ein Glas für Wasser. Im Körberl war Weißbrot mit Kümmel. Genau, wie ich es zu Erdäpfelgulasch mag. Hinterher den Teller mit Brot auswischen, das mag ich. Ich brauche keinen Salat dazu. Das mussten sie alles gestern eingekauft haben, am Samstag, vorne an der Wiedner Hauptstraße beim Gourmet-SPAR. Mama hatte sich gedacht, ich komme heute und ich werde Hunger haben. Sie hatte damit gerechnet, dass ich komme, und sie wollte, dass ich mich über das Kümmelbrot freue und dass ich sie für aufmerksam halte. Dass Erdäpfelgulasch eines meiner Lieblingsessen ist, weiß sie ja. Ihr Geliebter konnte sie also überzeugen, dass ich nicht in Not bin und bald aufkreuzen werde. Darum hat sie keine SMS geschrieben. Ich nehme an, er hat ihr an den Busen gegriffen, ich meine: Er hat ihr seine Hände zärtlich auf den Busen gelegt und gesagt: Lass ihn, er braucht das, so sind wir. Sympathisch, finde ich. So stellte ich mir das vor.

Ich hob den Deckel vom Kochtopf. Das Gulasch war noch warm. Ich probierte. Ich hätte es nicht besser machen können, ein bisschen zu scharf vielleicht. Mama mochte scharf. Sie hatte sicher noch einen Löffel Sambal Oelek nachgelegt. Oder Robert wusste, dass sie scharf mag. Woher? Wie lange kannte sie ihn schon? Hatte er schon einmal für sie gekocht? Oder schon öfter sogar? Wahrscheinlich öfter. Und wo? Hier bei uns nicht. Das hätte ich gemerkt. Ich schaltete den Herd ein. Interessanterweise hatte er Frankfurter und Debreziner verwendet, halbhalb, genau wie ich. Und die Rädchen waren angeröstet. So wie ich es mache. Ich dachte, das sei mein Rezept. Vielleicht hatte ihm Mama mein Rezept verraten. Das hätte mich gefreut. Es ist ja kein Geheimrezept. Ich stellte mir vor, er hat zu ihr gesagt: Soll ich etwas für uns kochen? Und sie hat gesagt: Ja, ein Erdäpfelgulasch, Frank kommt sicher auch bald, er wird sich freuen, es ist eine seiner Lieblingsspeisen. Und dann sind sie einkaufen gegangen. Er hat unseren Einkaufswagen gezogen. Den Mama auf mein Anraten hin gekauft hat. Verliebte gehen gern miteinander einkaufen und reden dabei. So viel kann man aus Spielfilmen lernen. Sie kommen zum Regal, wo die eingeschweißten Würste sind, und da sagt sie: Halb Frankfurter, halb Debreziner, so macht es mein Sohn Frank, und er brät sie knusprig an. Und er sagt: Gut, dann machen wir es genauso, damit er sich freut, wenn er endlich wieder zu Hause ist.

Es war ein gutes Gefühl, sich das auszudenken.

Mama kommt in die Küche, in ihrem weißen, schillernden Morgenmantel, die Haare unter einem Handtuchturban. Sie riecht gut. »Ich bin so froh, dass du wieder bei mir bist«, sagt sie.

»Ich war doch nie weg von dir«, sage ich.

»Ich weiß nicht, Frank …«

»Nicht darüber reden, Mama.«

»Entschuldige, Frank.« Bilde ich es mir ein? Ihr Ton mir gegenüber hat sich verändert. Bilde ich es mir ein? Ihr Ton ist schüchtern, ein wenig schüchtern.

»Wo ist Robert?«, frage ich.

»Er ist bald nach Hause gegangen.«

»Und wo ist sein Zuhause?«

Sie schaut mich an und hebt die Schultern. Das könnte heißen: Ich weiß es nicht. Jeder andere würde denken, genau das heißt es. Aber das heißt es nicht, das sehe ich ihr an. Es heißt: Das ist mein Problem, Frank, mein großes Problem. Und damit ist mir alles klar. Und mir tut es leid, dass der Liebhaber meiner Mutter wahrscheinlich verheiratet ist und vielleicht selber einen Sohn hat und eine Tochter dazu, vor allem aber eine Frau, die er nicht verlassen möchte, weil er sie immer noch liebt, und jetzt liebt er zwei Frauen. Zugleich wird mir warm in der Brust. Warum? Weil eine Einigkeit besteht zwischen Mama und mir. Und eine Innigkeit. Sie muss auf eine gewisse Frage nur die Schultern heben, und ich weiß die Antwort, auch wenn sie so lang ist, dass ein Roman daraus gemacht werden könnte.

»Komm her!«, sage ich, und sie kommt zu mir, und ich nehme sie in die Arme und drücke sie an mich, ich bin nicht groß, aber ein klein wenig größer als sie bin ich. »Es kann doch sein, dass alles gut wird«, sage ich. »Warum denn nicht!«

»Wenn ich nur einmal ein bisschen Glück hätte«, sagt sie.

»Willst du auch einen Teller?«, frage ich.

»Ich habe schon die Zähne geputzt«, sagt sie. »Könntest du den Deckel auf den Topf geben? Gerade das Erdäpfelgulasch, der Geruch, der hängt sich an die Kleider, nicht dass ich nach Küche rieche, wenn ich der Simmer das Gewand richte.«

»Heute hätte ich Lust mitzugehen«, sage ich. »Ich dusche schnell, dann rieche ich nicht.«

Das war im Prinzip eine gute Idee. Ein Abend nur für Mama und mich. Außer Haus, meine ich. Sonst hat sie den Sonntag ja frei. Aber heute ist sie die Garderoberin von der Simmer. Das ist die Ausnahme. Obwohl ich sie dann in der Oper fast nicht gesehen habe. Sie hatte ja zu tun. Eben in der Garderobe von der Simmer. Wohin ich nicht durfte. Strengstes Verbot! Ich saß in einem Winkel hinter dem Vorhang und schaute auf die Bühne. In der Hand einen Becher mit heißem süßem Tee. Jeder, der mich sah, nickte mir zu. Der Name der Vorstellung war *Carmina Burana*. Eine Handlung konnte ich nicht feststellen, das lag aber wahrscheinlich daran, dass gesungen wurde. Manchmal wurde sehr heftig gesungen. Und getanzt wurde auch. Auch sehr heftig. Eine Frau in einem roten Kleid war das Besondere des Abends. Ich glaube, es war die Simmer, und das rote Kleid hatte ihr meine Mama angezogen und gerichtet, damit nirgends falsche Falten waren. Ich muss sagen, es saß sehr gut. Soweit ich das beurteilen kann. Die Männer, die tanzten, waren oben nackt. Einmal hielten sie sich an den Händen und bildeten einen Kreis und hoben und senkten sich, das sah aus wie eine Schlange. Ich roch ihren Schweiß. Es hätte also nicht gestört, wenn ich ein wenig nach Erdäpfelgulasch gerochen hätte. In der Pause suchte ich Mama und fragte sie, ob sie böse wäre, wenn ich nach Hause gehe, ich sei doch noch sehr müde und müsse ja morgen früh heraus und in die Schule, die Vorstellung aber habe mir sehr gut gefallen, besonders das rote Kleid. Sie fragte, ob sie mir die Elisabeth Simmer vorstellen solle. Ich merkte, es wäre ihr selber nicht ganz recht gewesen, und mir war es auch nicht recht. Musste ja nicht sein. Wir küssten uns. Meinen Schlüssel hatte ich ja bei mir. Bevor wir von zu Hause weggegangen waren, hatte ich ihn gesucht, und bald hätte ich Mama allein gehen lassen, weil wenig Zeit war. Schließlich war mir eingefallen: Opa hatte ihn in meine Schultasche fallen lassen.

Ich spazierte durch die Nacht und die Stadt nach Hause, was ein langer Weg ist. Das tat mir gut. Es war kalt, hat aber nicht geregnet.

4

Dann also der Montag.

Ich habe den Wecker im Handy auf sechs Uhr gestellt. Damit ich gleich die Nachrichten hören kann. Die Nachrichten in unserem Haushalt sind die auf Ö1. Ernste Nachrichten kommen eher dort als auf den anderen Wellen. Sie meldeten nichts, was mich betraf. Nur Politik. Vor allem Amerika. Wo ich noch nie war. Konnte natürlich sein, dass sie angewiesen worden waren, nichts zu melden. Oder dass die Polizei noch keine Meldung an die Presse weitergegeben hat. Ich kann mich erinnern, ich weiß jetzt nicht mit Sicherheit zu sagen, ob es Leitmayr und Batic vom Münchner *Tatort* waren oder Max Ballauf und Freddy Schenk vom Kölner oder Moritz Eisner und Bibi Fellner vom Wiener, dass in einer Folge gesagt worden war: Wir geben keine Meldung an die Presse weiter, weil der Täter sich in Sicherheit wiegen soll. Aber ob sich das in Wirklichkeit auch so abspielte? Ich schätze, eher nicht. Was aber nicht hieß, dass zu einem späteren Zeitpunkt doch noch berichtet würde. Irgendwann berichten sie. Ich musste Geduld haben. In diesem Punkt bin ich gut. Hat auch den Vorteil, dass man sich vorbereiten kann.

Mama hat schlecht geschlafen. Ich sagte, sie soll liegen bleiben, ich komme allein zurecht. Wenn sie zu einer Vorstellung eingeteilt ist, muss sie am nächsten Tag nicht vor Mittag in der Volksoper antanzen. Sie spaziert gern am Vormittag im Morgenmantel allein in der Wohnung herum, Kaffee trinken im Herumgehen und erst um elf Uhr unter die Dusche und die Zähne putzen und sich fertig machen für den Tag. Das ist ihr Hollywood. Ich aß von den Früchten, setzte Filterkaffee über der Thermoskanne auf und deckte für Mama den Tisch. Leider kein frisches Brot. Ich schnitt das alte in Scheiben und stellte den Toaster daneben. Mehr konnte ich für ihr Frühstück nicht tun. Mama hat mir frische Sachen säuberlich hergerichtet, helle Hosen, ein kariertes Hemd, wie ich es mag, und einen neuen Pullover, den ich nicht kannte, er gefällt mir. Manchmal darf sie sich aus dem Fundus etwas aussuchen. Ich kann mir allerdings nicht vorstellen, dass in der Oper jemand auf der Bühne einen Pullover trägt. Ich habe nicht gehört, wann sie nach Hause gekommen ist. Mich wundert, dass sie nicht nach meinem Wintermantel gefragt hat. Es wird ihr wohl noch nicht aufgefallen sein, dass er fehlt. Bei uns in der Garderobe hängen viele Kleidungsstücke.

Ich schreibe auf einen Zettel: »Robert ist ein Netter, ich mag ihn«, den lege ich auf ihren Teller. Ich mache gern eine Freude, wenn kein Aufwand damit verbunden ist. Dann ziehe ich die Schuhe an, die Halbschuhe, und die Jacke mit dem Fellkragen, eindeutig mein Favorit, weil Schnürlsamt und tiefes, fast trauriges Grün, alle Taschen mit Reißverschluss, zum Ziehen eine winzige Kette mit einer winzigen Kugel vorne, hänge die Schultasche über eine Schulter und bin davon.

Auf der Blechturmgasse unten begegnet mir eine Frau, die ein Fahrrad schiebt, weil links und rechts an der Lenkstange volle Plastiktaschen hängen, Großeinkauf wahrscheinlich, der Gourmet-SPAR an der Wiedner Hauptstraße öffnet schon um sieben. Sie schaut mich an und lacht laut. Entschuldigt sich gleich bei mir. Ich nehme an, sie hat mich verwechselt, oder ihr ist etwas Lustiges eingefallen gerade in dem Augenblick, als sie mich angeschaut hat. Jedenfalls hat sie nicht über mich gelacht. Ich erzähle das, weil mir nämlich auch etwas eingefallen ist, und zwar in dem Augenblick, als sie lachte. Nämlich, was ich in der Nacht geträumt habe.

Ich bin kein Fan vom Träumeerzählen, das möchte ich festhalten. Mama will mir immer ihre Träume erzählen, und nicht selten sage ich, bitte nicht. Sie ist dann ein bisschen gekränkt, und das kann ich verstehen, sie muss denken, ich interessiere mich nicht für ihr Innerstes. Ich konnte mehrfach feststellen, wenn ich sage, ich interessiere mich nicht für das, was du den Tag über gemacht hast, dann kränkt sie das weniger, als wenn ich sie bitte, mir nicht zu erzählen, was sie träumt. Sie träumt sehr oft. Ich so gut wie nie. Und sie will es unbedingt loswerden. Ich kann für sie nur hoffen, und eigentlich hoffe ich das auch für mich, dass Robert mehr Geduld aufbringt. Vielleicht hört er sich ihre Träume ja auch gern an. Die Menschen sind verschieden. Kann ich mir aber ehrlich nicht vorstellen. Es kommt ja nicht auf die Handlung an, sondern auf das Gefühl, das man im Traum hat, und das weiß ich aus eigener Erfahrung, das kriegt man nicht hin zu erzählen. Nicht so, dass der andere weiß, was man empfunden hat und warum man das so empfindet und nicht anders. Also ist die ganze Traumerzählerei letztlich für die Katz. Man sollte seine Mitmenschen nicht mit Träumen belästigen. Träume sollte man für sich behalten. Außer man hat einen Huscher, und die Träume sind wichtig, um den Huscher loszuwerden, sprich, ihn zu heilen. Dennoch will ich meinen Traum erzählen. Ich träumte, Mama hat im Internet eine Anzeige aufgegeben, dass ihr Sohn, also ich, heiraten möchte. Mehrere Frauen haben sich daraufhin gemeldet, sie sind alle zusammen draußen vor unserer Tür gestanden, manche haben Blumen mitgebracht, sie haben mich angeschaut, als wäre ich ein Denkmal im Volksgarten, und eine von ihnen sagte: Ich heirate keinen Mörder. Und hat gelacht. Als wäre Mörder etwas Lustiges. So, wie wenn einer sagt, er geht im Fasching als Mörder. Da drehten sich die anderen Frauen um und liefen ihr nach über die Stiege, und Mama streichelte mich und sagte, sie will es noch einmal versuchen, ich soll bitte nicht verzagen. Ich war im Traum viel jünger, als ich bin, ich schätze, so um die acht oder neun. Das fiel mir ein, als ich die Frau mit dem Fahrrad auf der Straße sah. Zuerst lachte sie, dann fiel mir der Traum ein. So war die korrekte Reihenfolge. Der Traum fiel mir also ein, weil sie lachte, wie die Frau im Traum gelacht hat. Hätte sie nicht gelacht, hätte ich den Traum vergessen. Darum musste ich denken, sie lacht in Wahrheit eben doch über mich.

Schluss mit dem Blödsinn!

Nur noch eines: Wenn mich einer fragt, was ich im Traum empfunden habe, dann muss ich wohl oder übel zugeben: nichts.

5

In der großen Pause drückt sich Claude nahe an mich heran und zupft und stupft mich beiseite, und als wir bei den Toiletten stehen, wo jetzt niemand ist, weil alle schon waren und sie jetzt lieber draußen eine rauchen, sagt er: »Wer war der Alte, das möchte ich von dir wissen, der mich so blöd angeredet hat?«

Ich sage, ich weiß nicht, wen er meint. Ich mache einen Schritt zurück, er einen vor. Wieder sind wir fast Nase an Nase. Er riecht nach Knoblauch und ungeputzten Zähnen. Warum putzen sich manche Menschen am Morgen nicht die Zähne!

»Der hat mir gefallen«, sagt er. »War das dein Vater?«

Ich sage, der sei doch viel zu alt. Und habe mich damit verraten. Jetzt muss er wissen, dass ich doch weiß, wen er meint. Sein Grinsen ist nichts anderes als ein Hochziehen des halben rechten Mundes. Ich sehe Zahnfleisch und gelbe Zähne, gelb von Belag. Wie geht es bei denen zu Hause zu? Ich möchte es gar nicht wissen. Vielleicht ist ihm die Zahnbürste hinter die Badewanne gefallen, und er ist bis heute zu faul, sich nach ihr zu bücken.

»Der lässt sich jedenfalls nichts gefallen«, sagt er. »Er hat mich blöd angeredet, weil ich ihn blöd angeschaut habe. Weißt du, ich habe ihn wirklich blöd angeschaut. Ich gebe ihm also recht, wenn er mich blöd anredet. Würde ich an seiner Stelle auch tun. Ich habe Respekt vor ihm. Ein Loser ist der nicht. Aber ich auch nicht. Er hat genauso Respekt vor mir gehabt. Hat jeder mitgekriegt. Ich lasse mir auch nichts gefallen. Aber das weißt du eh. Das weißt du, oder?«

So einer müsste doch eigentlich ein schlechter Schüler sein. Ist er aber nicht. Er tut sich leicht und ist trotzdem ein Depp. Wie gibt es das? Wie kriegt das einer allein zusammen, Deppsein und gute Noten? Er hat zwei Brüder, die sind älter als er, ziemlich älter sogar. Was sie tun, ist mir nicht bekannt. Ich kenne sie nur vom Gerede. Sie wohnen unten bei der Mayerhofgasse im Hinterhof. Das Haus hat eine dunkle Fassade, rußig, aber irgendwie doch vornehm, Verzierungen über den Fenstern, an manchen Stellen sogar Figuren aus Stein oder Zement. Aber schwarz. Einmal war ich bei ihm zu Hause. Ich weiß nicht mehr warum. Ob er mein Freund sein wollte oder ich seiner. Eines von beiden. Mir ist nur aufgefallen, dass in der Wohnung viele Schachteln gestapelt waren. Als wäre man gerade eingezogen oder würde bald ausziehen. Von einem Vater oder einer Mutter keine Spur. Aber es war am hellen Nachmittag, und wahrscheinlich waren die Herrschaften bei der Arbeit, die Brüder auch. Gerochen hat es nach schlechtem Essen. Warum lüften manche Leute nie? Ich erinnere mich, dass er auf einmal kleinlaut war, nämlich ab dem Augenblick, als wir die Wohnung betreten hatten. Schnell hat er den Tisch in der Küche abgeräumt und abgewischt.

»Klar, Claude«, sage ich. »Was soll ich tun? Soll ich es ihm ausrichten?«

»Das brauchst du nicht«, sagt er. »Wir machen es so: Ich hau einfach dir eine runter, die kannst du ihm dann weitergeben.«

»Das ist ein Witz«, sage ich.

»Das ist kein Witz«, sagt er.

Es war kein Witz. Er hat noch nicht einmal fertig gesprochen, schon hatte ich eine sitzen. Aber voll. Und gleich noch eine. Die erste mit der flachen Hand, eine klassische Watschen, die zweite mit der Faust, die Watsche ins Gesicht, die Faust in den Magen. Das hat wehgetan. Sauweh! Ich dachte, jetzt ist etwas kaputtgegangen in mir drinnen, wenn ich Pech habe, irreparabel. Und dann noch eine dritte, und die mit dem Fuß, voll auf den Oberschenkel, und eine vierte dazu, halb in den Arsch. Die Tritte waren eher zur Gaudi. Ich soll Zinsen von dem Alten verlangen, sagte er, dann ist es günstig für mich, wenn er mir noch eine gibt. Ob er soll.

Ich sagte: »Bitte nicht!«

Das genügte ihm.

Dieser Montag war nicht mein Glückstag, nein, wirklich nicht. So wenig war er mein Glückstag, dass ich schon fast dachte, was die Polizei versäumt, übernimmt das Schicksal. Das ist übrigens wieder so ein Wort, das ich nicht leiden kann. Und wieder ist es ein Wort, das Mama gern benutzt. Und ich frage mich, ob ich das Wort vielleicht deshalb nicht leiden kann, weil es eines von Mama ist, fast ein Lieblingswort von ihr. Was aber heißen würde, ich kann Mama irgendwie nicht leiden. Das muss ich allerdings verneinen. Man will, dass die eigenen Angehörigen so gut wie nur irgend möglich aussteigen, bei einem Fremden ist man großzügig, weil er einem am Arsch vorbeigeht. Wenn Mama von Schicksal spricht, bin ich jedes Mal froh, wenn niemand in der Nähe ist, der zuhört. Sie sieht im Schicksal etwas Gutes, auch wenn es etwas Schlechtes bringt. Für sie ist es so, als wäre sie bemerkt worden. Sie meint, wenn einen das Schicksal nicht trifft, ist es, als ob es einen nicht gibt, egal, ob man dabei eins aufs Dach kriegt oder einen

Sechser beim Lotto. Dieser Meinung bin ich nicht. Schicksal, so sehe ich es, kann doch nur heißen, man ist selber so ein Volldepp, dass nicht einmal ein Mitmensch einem helfen kann und man auf etwas angewiesen ist, auf etwas, das gar nicht ist. Schicksal ist gar nichts, nur ein Wort, nur Gerede. Ich möchte nicht auf etwas angewiesen sein, das es nicht gibt. So ein Würstchen möchte ich nie werden. Danke.

Zu den Prügeln, die ich von Claude kassiert habe, kam an diesem Montag dazu, dass Papa auftauchte. Aus Gewohnheit sage ich Papa. Was lieb klingt. Es gibt aber nichts Liebes zwischen ihm und mir. Ich sollte also sagen: Mein Vater tauchte auf. Nur, in diesem Wort sehe ich ihn gar nicht. Ich tue das übrigens gern: über Wörter nachdenken. Schicksal, Papa, Vater und so weiter, Wörter gibt es massenhaft, fast so viele wie der sprichwörtliche Sand am Meer. Mama löst gern Sudoku, ich denke gern über Wörter nach. Ich schau auch gern in ein Wörterbuch, blättere, lese und wundere mich. Das vertreibt prima die Zeit.

Wobei es schon eigenartig ist, das muss ich zugeben, dass ich ausgerechnet an dem Tag Papa begegnet bin, an dem ein Mitschüler, eben Claude, von meinem Vater gesprochen hat. Ob der mit den weißen Sneakers und dem schwarzen Anzug, der ihn blöd angeredet hat, mein Vater gewesen sei. Dass der mein Großvater war, habe ich nicht gesagt. Ich möchte nicht, dass von Opa jemand etwas weiß. Ich möchte, dass nie mehr jemand etwas von ihm wissen will. Keine Ahnung, was Claude sich denkt, wer der Mann gewesen sein könnte. Schicksal sagt man, wenn etwas Eigenartiges passiert. Es muss ja nicht immer ein Verwandter sein, wenn einer neben dir auf dem Gehsteig steht. Claude hatte vor ihm Respekt, und ich habe dafür kassiert. Noch einmal: Danke.

Es war so, und das ist nicht gelogen: Ich versteckte mich nach der letzten Stunde auf dem Klo. Hätte ja sein können, dass Claude an mir etwas vergessen hat, was er nachholen wollte. Ich konnte mir gut vorstellen, wenn einer viermal zuschlägt, dass er Lust auf ein fünftes Mal bekommt. Ich wartete, bis es still war. Auf der Straße schaute ich nach links und nach rechts, niemand war zu sehen. Es war schon nach zwölf, die Menschen sind zu Hause und essen, das passte. Ich ging schnell, den Kopf gesenkt, ein bisschen gebückt wahrscheinlich auch, man sieht sich selber ja nicht. Interessant ist das schon: Man meint, wenn man gebückt geht, wird man weniger gut gesehen. Das Gegenteil ist der Fall. Jeder denkt sich: Warum geht der gebückt. Ich schaute auf den Boden vor mir, bog um die Hauskante und stieß mit jemandem zusammen. Und das war er. Ungelogen.

6

»Mensch, Frankie«, sagte er.

Das kann ich gar nicht leiden! Noch weniger leiden konnte ich, dass mir herausgerutscht ist: »Mensch, Papa!«

Gleich und schnell hängte er an: »Ich bin zufällig in der Gegend. Ich komme euch nicht besuchen. Keine Angst. Nichts ist passiert. Das ist ein reiner Zufall.«

Wir gingen ein Stück nebeneinanderher. Beide überrascht, dass wir den gleichen Weg hatten. Dann blieb er neben einem

Audi stehen, einem dunkelgelben, ein Sportwagen. Ein prächtiges Stück, fürwahr! In dem Auto saß eine Frau, schwarzhaarig mit dicken schwarzen Augenbrauen, die mich angeschaut hat aus dem Fenster heraus, nur mich. Das Schwarze hat gut zu dem Gelben gepasst. Oje, dachte ich, gegen die kann Mama nicht antreten. Sie hat mich angesehen, man soll das glauben oder nicht, eindeutig, als ob ich für sie in Frage käme. Aber wahrscheinlich schaut sie jeden Mann so an, auch einen, der erst vierzehn ist.

»Mensch, Frankie«, sagte er wieder, »wenn ich gewusst hätte, dass ich dich mitten auf der Straße treffe! Glaubst du an den Zufall?«

»Auf dem Gehsteig«, korrigierte ich.

»Was?«

»Du hast mich nicht mitten auf der Straße getroffen, sondern auf dem Gehsteig.«

»Das mein ich ja.«

»Was wäre dann?«

»Was? Was wäre wann?«

»Wenn du gewusst hättest, dass du mich mitten auf der Straße triffst.«

»Jetzt sagst du es ja auch.«

»Ich sag, was du gesagt hast.«

»Ach, Frank«, seufzte er.

Ich schwöre, das war alles. Mein Erzeuger und ich, und das war alles. Nach soundsovielen Jahren. Soll mir einer von Blutsbande reden! Oder dass Blut dicker sei als Himbeersaft.

Das heißt, etwas sagte er noch, aber das war weniger an mich als an die Frau adressiert: »Komm uns doch einmal besuchen, Frankie. Oder ruf an. 0664, zwei halbe Äpfel mit Stiel und Blatt, zwei erwürgte Nullen und einmal James Bond.«

Dann stieg er ein und fuhr davon. Ein Lächeln von seiner, wie soll ich sie nennen, kriegte ich gerade noch ab. Ich muss ehrlich zugeben, ihr Blick, der hat, und zwar schlagartig, einen halben Film in mir zur Aufführung gebracht. Darüber vielleicht später mehr, wenn ich meine diesbezüglichen Gedanken geordnet habe. Wo hat er die her? Und ob ich das wollte oder nicht, wie ich so weiterging, den Kopf wieder unten in Richtung Asphalt, da war ich irgendwie stolz auf meinen Vater. Genau genommen, nicht irgendwie, sondern richtig stolz. Dass es ihm gelungen ist, so eine Frau aufzureißen. Ich verstand ihn, dass er von uns weggegangen ist. Ich will nicht darum herumreden: Er ist nicht von *uns* weggegangen, er ist *von Mama* weggegangen. Ich konnte ihn verstehen, wenn ich an das Lächeln der Frau in dem Audi dachte und an ihre Augenbrauen. Eine Frau mit solchen Augenbrauen, keine Frage, bei der konnte er auf einiges gefasst sein. Ich weiß nicht viel darüber, warum es zwischen Mama und ihm auseinandergegangen ist. Einmal habe ich Mama gefragt, ob er sie wegen einer anderen Frau verlassen hat. Sie sagte: Nein. Ich glaubte ihr und glaube ihr immer noch. Man wird sagen, klar, sie würde sich das niemals eingestehen und schon gar nicht vor einem anderen und schon überhaupt nicht vor ihrem Sohn. Aber so eine ist Mama nicht. Sie sagt die Wahrheit. Wenn ich sie frage, sagt sie die Wahrheit. Weil sie es auch gernhat, wenn sie mir leidtut. Sie hat nie etwas Niederträchtiges über ihn gesagt. Über niemanden. Sie sagt Gutes über andere Menschen, nie etwas Böses. Manchmal denke ich, das ist der Grund, warum ihr jedes Kleid gut steht.

Sie hat mich vor Opa gewarnt, aber das war nicht niederträchtig, das war realistisch. Ich weiß also nicht, warum Papa gegangen ist. Ich würde nicht wollen, dass er zurückkommt. Trotzdem und niemals würde ich das laut sagen: Recht hat er gehabt.

Frankie! – Haben sie sich abgesprochen, die Arschlöcher aus aller Welt?

Und noch etwas: Leider sah er sehr gut aus. Da haben wir also drei Punkte. Erstens: der Audi, nigelnagelneu, Sportwagen. Viel Ahnung von Autos habe ich nicht, aber dass so einer eine Lawine kostet, das weiß ich. Und Gelb, nehme ich an, war eine Extralackierung, also Extrapreis. Wie er den bezahlt hat? Ob es überhaupt seiner war? Ich habe keinen Tau, wie er sein Geld verdient. Ich glaube, er hat einfach nur Glück. Siehe zweitens: die Frau, dazu keinen weiteren Kommentar. Drittens: er selbst. Schlank. Ein Gesicht wie George Clooney in der Kaffeewerbung, nur ohne grauen Bart. Und was er anhatte. Einen ins Rosa spielenden Anzug. Eigentlich weiß. Aber ein Weiß, angenehm anzusehen. Einen Anzug, wie man ihn in den lässigen Filmen sieht, die in Afrika oder Südamerika spielen, da prügeln sich diese Typen, fallen aus fahrenden Autos, saufen sich an, schlafen zwei Tage und zwei Nächte nicht, und ihr Anzug ist immer tipptopp, sie putzen sich auch nie die Zähne, und trotzdem riechen sie wahrscheinlich nicht aus dem Mund, manchmal bücken sie sich und heben den Hut auf und wischen ihn ab. Der Hut hat gefehlt. Aber vielleicht liegt der auf dem Rücksitz. Und keine Sneakers, wie inzwischen jeder Halbaff welche trägt, weiß wie Scheinwerfer. Er: Segeltuchschuhe. Ich kenne mich aus. Über Garderobe braucht sich ein Schneiderinnensohn nichts vorsagen zu lassen. Und ein Armkettchen. Zwar keinen Uhrklumpen wie Robert, aber immerhin ein Kettchen. Ob echt Gold oder nicht echt, egal. Kommt ja niemand und sagt, hallo, ich muss nachprüfen. Ich bin mir auch sicher, dass er die Haare gefärbt hat. Einen Lufthauch blond. Er war früher dunkler. Und wenn? Gibt es eine Jury, die Noten verteilt, dort oben auf dem Balkon vielleicht, wo die fette Ursel ihren Busen über das Geländer hängt? Wenn mich mein Adlerauge nicht getäuscht hat, habe ich auch einen Kajalstrich um seine Augen herum gesehen. Wird wohl helfen. Wobei dasselbe Adlerauge behauptet, die Augenbrauen der Frau sind echt. Eines weiß ich: Er hat nie einen Cent Alimente für mich bezahlt und keinen Cent Unterhalt für Mama. Für sie sowieso nicht, sie waren ja nicht verheiratet. Na und? Soll sie ihn doch anzeigen. In meinem Namen. Sie ist die Verwalterin meiner Alimente, sie ist ihrer Pflicht mir gegenüber nicht nachgekommen. Warum hat sie ihn nicht angezeigt? Weil sie ihn noch immer liebt? Ja dann. Selber schuld. Der Hellste war er nie, und heller scheint er nicht geworden zu sein in der Zwischenzeit. Aber wenn es einer ohne Hellsein zu einem dunkelgelben Audi schafft? Vielleicht zeigt sie ihn jetzt an, wo sie Robert liebt. Wenn Robert etwas taugt, dann rät er ihr, ihn anzuzeigen. Dann stellt er sich auf die Hinterbeine und erkundigt sich zumindest. He, das wäre natürlich das Beste überhaupt: wenn Robert ein Anwalt wäre. Einen Anwalt in unserem Haushalt, das könnten wir brauchen.

Ich wiederhole meine Einstellung zu dem, was uns mein Vater angetan hat: Recht hat er gehabt. Aber sehen lassen braucht er sich nicht bei uns.

7

Mama war nicht zu Hause. Auf demselben Blatt, auf das ich meine Nachricht geschrieben habe, steht:

»Ich bin mit Robert. Ich muss es ausnützen. Das verstehst du doch. Wir treffen uns morgen zum Abendessen. Mein Liebling.«

Interessant. *Mit* Robert. Nicht *bei* Robert. Sie kennt ja meine Genauigkeit in Bezug auf Wörter. Ich gehe ihr auf die Nerven, wenn ich Genauigkeit einfordere. Und schüchtere sie ein. So bin ich halt. Hätte sie geschrieben *bei* Robert, hätte ich sie gefragt: Wo ist *bei Robert*? Die Antwort hätte sie in Verlegenheit gebracht. Bei ihm zu Hause? Wo ist Robert zu Hause? Roberts Zuhause ist für sie nicht betretbar. Das dürfte die Wahrheit sein. *Mit Robert* heißt: Sie sind in ein Hotel gegangen. Aber warum? Das kostet doch nur Geld. Sie muss wissen, dass es mich nicht stört, wenn sie bei uns schlafen. Das war ja der Sinn meiner Nachricht. Mein Zimmer ist im hintersten Winkel der Wohnung. Wenn alle Türen geschlossen sind, höre ich nichts. Und angenommen, ich höre etwas, was wäre verloren für sie?

Ich schaue im Kühlschrank nach, was da ist. Im Gemüsefach vier Kohlrabi, prall und groß und ohne Blätter. Wer hat die eingekauft? Ich nicht. Normalerweise sprechen wir den Einkaufszettel miteinander ab. Ich kann nichts mit Kohlrabi. Ich schau im Netz nach. Simple Rezepte. Eines mit Kartoffeln macht mich an, sieht auf dem Bild gut aus. Was wir nicht haben, ist Petersilie. Von Opas hundert Euro sind noch achtundvierzig übrig. Die Fahrkarte hat zweiunddreißig Euro gekostet, die beiden Decken zwanzig. Petersilie, könnte man meinen, sei vernachlässigbar, ich aber habe festgestellt, zuletzt kommt es genau auf die Petersilie an, auch bei anderen Gerichten, besonders bei Spaghetti aglio e olio. Ich laufe schnell zum SPAR und kaufe einen Bund. Kartoffeln haben wir. Milch auch. Suppenwürfel auch. Butter und Mehl sowieso. Auch Zwiebeln. Das tut mir jetzt gut: kochen. Ich mache ein Kohlrabi-Kartoffel-Gemüse mit einer Béchamelsauce und gehackter Petersilie. Dazu reibe ich Muskatnuss. Das wäre eigentlich erst ein Zugericht, aber auf Fleisch kann ich verzichten. Ich koche für etwa vier bis fünf Personen. Ich bleibe am Herd stehen und rühre ständig, Béchamel brennt gern an. Vielleicht kommt morgen Abend Robert mit Mama, dann ist noch genug übrig für uns drei. Ich rechne mit Lob und Gemütlichkeit. Mir jedenfalls schmeckt es. Morgen wird es noch besser sein. Dann sind die Kohlrabi gut weich.

Nach dem Essen ziehe ich Schuhe und Jacke wieder an und fahre mit dem 13 A zum Hauptbahnhof. Ich löse eine Retourkarte, 14 Uhr 30 mit dem Railjet nach Linz, dort umsteigen nach … Den Rest zu Opas Geld lege ich von meinem Taschengeld dazu. Wäre aber nicht nötig gewesen, es kommt kein Schaffner und kontrolliert. Genug Zeit im Zug zum Nichtsdenken. Das kann ich gut.

Die Pistole ist, wo ich sie versteckt habe. Auch in zehn Jahren wäre sie noch dort gewesen. Außer alles wäre abgerissen worden. Oder bombardiert worden oder sonst irgendwie untergegangen zusammen mit allem anderen. Ich nehme sie zu mir, stecke sie unter das T-Shirt unter dem Hemd unter der Jacke und ziehe den Reißverschluss zu. Die Jacke ist weit genug, von außen sieht man nichts. Aufenthalt keine zehn Minuten. Da kommt schon der Gegenzug.

Auf der Rückfahrt kann ich die Gegend betrachten, gestern konnte ich das nicht. Zu aufgeregt war ich, zu müde, zu weggetreten. Auf der Herfahrt konnte ich auch nicht, zu abwesend, nicht vorhanden war ich, nirgends war ich. Die Raven MP 25 wärmt sich an meinem Bauch. Ich habe ihren Namen nicht vergessen. Zu Hause werde ich sie ausführlich betrachten, ich habe den ganzen Abend Zeit dazu. Ich freue mich auf meinen Abend allein. Bis Mitternacht. In irgendeinem Programm zeigen sie sicher einen Tierfilm oder einen Film über eine interessante Gegend der Welt. Ich mache mir eine Ovomaltine heiß und erkunde meine Waffe. Jetzt schau ich auf die Felder, auf die Vogelschwärme über den abgeernteten Feldern, auf die runden Plastikballen am Rand der Felder, in die Heu gepresst ist für den Winter, ein Film über Raben wäre mir sehr angenehm, auf die Strommasten und die Windräder schaue ich, die haben etwas Großes, fast Heiliges, damit meine ich, man kann sich kaum vorstellen, dass Menschen sie gebaut haben, jedenfalls wenn sie im Dunst stehen. Wie erst im Nebel! Wie von Außerirdischen gepflanzt. Und ich wäre ein Wanderer über die Felder, hätte nur einen Rucksack bei mir, ich wüsste über die Himmelsrichtungen Bescheid, das würde genügen. Ich sehe einen Traktor mit einem hellblauen Anhänger mitten in einem Feld stehen. Kein Mensch ist hier. Leicht schief steht der Traktor, als wäre der rechte Reifen geplatzt. Auch keine Wolke sehe ich. Aber blau ist der Himmel nicht. Sähe ich doch nur einen Kondensstreifen! Ein Heustadel mitten im Feld nahe der Bahnlinie, dort wäre gut zu übernachten. Oft ist eine

Zwischendecke eingebaut in diesen Hütten, um oben das Heu zu trocknen, oben würde ich liegen. Einen Poncho sollte man haben und einen zweiten als Kopfpolster. Ich hätte zwei auf meinen Rucksack geschnallt, das geht leicht. Übrigens: Er war weg. Ich habe in dem Papierkorb nachgeschaut.

Eine Frau sitzt mir gegenüber, sie schaut mich an, aber ohne Neugier. Sie schaut nicht in meine Augen, sie schaut auf meinen Mund oder mein Kinn oder in sich hinein. Am Hals sehe ich ein Tattoo, dunkelgraublaue Spitzen von irgendetwas. Das Tattoo erinnert mich an den Sozialarbeiter, der auf Opa aufpassen sollte. In einer Augenbraue steckt ein Piercing, ein silbernes Stäbchen, oben und unten silberne Kügelchen. Was soll das für einen Sinn haben? Hat sie einen Geliebten, dem das gleiche Ding in der anderen Braue steckt? Und was dann? Wofür wäre das eine Bestätigung? Freuen sie sich, wenn sie gemeinsam vor dem Spiegel stehen? Weiter hinten sitzt ein Ehepaar, die beiden steigen bald aus. Er geht am Stock. Sie trägt alles, hinkt aber auch, sie ist sehr dick. Ich sehe sie hinter der Haltestelle über eine Treppe steigen, vorsichtig, ein Auto wartet dort, ein junger Mann steht davor und raucht. Vielleicht ihr Sohn, wahrscheinlich sogar. Ich dehne mich, wie man sich dehnt, wenn man gerade aufgewacht ist. Ich drücke die Brust heraus. Die Frau mir gegenüber muss sehen, dass ich etwas unter der Jacke trage. Was es ist, darauf würde sie nie kommen. Wir sind jetzt allein. Es ist mir ein Rätsel, warum sie sich mir gegenübergesetzt hat, es wäre viel Platz. Wir sitzen im vordersten Wagen, ich glaube, der hinter uns ist leer. Ich bin der Besitzer einer Waffe. Mit diesem Satz kann man sich jedes weitere Wort sparen.

Bis Linz sind wir die Einzigen in dem Abteil. Warum wir

nicht ein Wort gewechselt haben, nicht ein einziges, das muss einen wundern. Wozu sonst sind denn Menschen da?

8

Die Raven MP 25 hat es warm. Wärmer ist sie als meine Haut. Wie kommt das? Ich halte sie auf meinem Bauch fest, sonst rutscht sie hinunter und hängt beim Gürtel fest. Das wäre unwürdig. Als ich in Wien ankomme, ist es dunkel. Ich hatte in Linz einen kleinen Aufenthalt und habe ihn wieder mit Nichtsdenken verbracht. In dieser Disziplin könnte ich antreten. Ich kaufe mir im Supermarkt am Bahnhof zwei Red Bull. Ich habe nämlich gesehen, dass wir keine mehr zu Hause haben. Vorsorge für die Schule morgen. An der Kassa drücke ich die linke Hand gegen meinen Bauch, ich spüre den Griff und den stumpfen Lauf. Das ist ein gutes Gefühl. Ich spüre den kleinen Hebel, der die Pistole sichert und entsichert.

Ich steige in den Bus, aber bei der nächsten Station schon wieder aus und gehe zu Fuß weiter. Ich habe noch Zeit, bis das interessante Programm im Fernsehen beginnt. Vorgekocht ist ja schon. Ein Red Bull trinke ich gleich, im Gehen. Für die große Pause morgen reicht mir eines. Ganz schön kalt geworden ist es. Ich stelle den Kragen auf und stecke die Hände in die Jackentasche. Die Vorstellung, dass meine Finger kleine Völker sind, die es warm haben, mag ich, diesbezüglich bin ich ein Kind. Hinter den Wolken schimmert wieder der Mond. Wie vorgestern. Inzwischen wird er enger geworden sein. Und bald ist er nur noch eine Sichel und bald nichts mehr.

Ich gehe nicht nach Hause. Ich will nicht. Nicht gleich jedenfalls. Interessant ist, dass eine Pistole, wenn man sie bei sich hat, verlangt, dass man etwas tut. Man weiß nicht genau, was man tun wird, aber wenn man nichts tut, hat alles keinen großen Sinn. Als ob die Pistole sagt, warum legst du mich dann nicht gleich irgendwo ab, vielleicht findet mich einer, der weiß, was er will. Auch in diesem Punkt bin ich wie ein Kind, ich meine in dem Punkt, dass die Dinge irgendwie ein Leben haben. Ich konnte bis jetzt noch nicht wegkriegen, so zu denken. Ich brauche mich nur eine halbe Stunde auf eine Parkbank zu setzen, schon denke ich, die Bank würde sich freuen, wenn ich wieder vorbeikäme irgendwann. Und wenn ich dann tatsächlich wieder vorbeikomme, würde ich ein schlechtes Gewissen haben, wenn ich mich auf eine andere Bank setze. Mama denkt auch so, immer noch in ihrem Alter. Die Folge ist, dass wir nichts wegschmeißen. Bei Anziehsachen ist es am schlimmsten. Die sind schnell beleidigt. Ich spaziere an der Favoritenstraße entlang bis zur Mayerhofgasse und dort weiter bis zu dem Haus mit der dunklen Fassade und den Verzierungen und den schwarzen Figuren aus Stein oder Zement. In der Dunkelheit verschwinden sie fast.

Das Tor steht offen. Ich gehe in den Hof. Ich schleiche nicht, ich gehe, gehe, als wäre ich eingeladen. Niemand ist hier. Die sitzen alle am Tisch und essen ihre Fertiggerichte. Die Fenster zum Hof sind erleuchtet. TV-Dinner: Folie abziehen und hinein in die Mikrowelle und dann aus dem Aluteller fressen, Farbe Rot und Gelb, rot die Tomatensauce, gelb die Nudeln, einmal heißt es so, einmal heißt es anders, aber immer Tomatensauce mit Nudeln. Wer sich einbilden möchte, er kocht mit, der verfeinert mit Petersilie oder Knoblauch. So steht es auf der Packung. Verfeinern. Den Knoblauch und die Petersilie wahrscheinlich auch aus dem Tiefkühler. Am Ende den Aluteller an den Rändern nach innen biegen, so dass der übrig gebliebene Dreck nicht herausrinnt, und weg damit in den Müll und die Hände unter den Achseln abwischen. Warum unter den Achseln? Weil es dort eh schon stinkt. Wenn das das Ziel der Menschheit ist, dann zum dritten Mal heute: Danke!

Im zweiten Stock wohnen Claude und seine Brüder und wahrscheinlich auch seine Eltern. Ich habe Claudes Nummer in meinem Handy gespeichert. Das ist noch aus der Zeit, als er mein Freund sein wollte oder ich seiner. Er hat meine Nummer auch. Außer er hat sie inzwischen gelöscht, aber warum sollte er. Ich anonymisiere mein Handy. Aber dann drücke ich doch nicht auf »Claude«. Ich wähle 0664, zwei halbe Äpfel mit Stiel und Blatt, zwei erwürgte Nullen und James Bond. Ich höre die Stimme, die die Stimme meines Vaters sein soll, und beende, als er zum zweiten Mal fragt, ob ich es bin. »Frankie?«

Ich öffne den Reißverschluss an meiner Jacke, ziehe vorne Hemd und T-Shirt aus der Hose. Die Raven MP 25 ist warm wie ein Kinderbügeleisen. Wärmer als meine Hand. Ich ziehe den Reißverschluss zu, stecke beide Hände in die Tasche, die linke ohne etwas, die rechte mit etwas, meine kleinen Völker sind in Alarmbereitschaft.

Ich betrete das Hinterhaus und steige über die Steinstiege in den zweiten Stock. Ich erinnere mich nicht, aber ich kenne mich aus. Es gibt einen Lift, ich will nicht eingesperrt sein. Das Licht schaltet sich von Stockwerk zu Stockwerk an. Die Stufen sind ausgetreten, an manchen Stellen sind die Vertiefungen mit Zement aufgefüllt. Im ersten Stock steht ein Kinderwagen, an der Seite ein aufgeschraubtes Schirmchen, darauf kleine grüne Monster. Im zweiten Stock ist das Licht düsterer. An etwas erinnere ich mich doch: Über der Klingel hing ein Schild, auf dem standen viele Namen. An unserer Tür steht nur »Thaler«. Im Gang vor der Wohnung ist eine aufgelassene Bassena. Sie passt zur Fassade vom Vorderhaus, verziert und schwarz. Durch die Honigscheibe in der Wohnungstür schimmert Licht. Wie Gold. Was nicht heißen muss, dort drinnen ist man glücklich. Ich lege das Ohr an das Schloss. Ich höre Musik. Ich klingle. Die rechte Hand lasse ich in der Jackentasche bei der Raven MP 25. Mit dem Daumen löse ich die Sicherung, den Griff umklammere ich lieber nicht.

Ein Mann öffnet, Ansatz zu einer Glatze, aber zu jung, um der Vater zu sein, T-Shirt und Unterhose und Socken. Ich erschrecke, weil er so freundlich schaut. Als freute er sich, mich zu sehen. Er kann mich nicht kennen. Ich kenne ihn nicht. Ich nehme an, er ist einer von Claudes Brüdern.

Ob Claude da ist, frage ich.

Er ruft den Namen in die Wohnung hinein. Schon steht Claude hinter ihm, schaut an ihm vorbei. Als würde er in Deckung gehen.

»He!«, sagt er. Und wieder ist er anders, als er in der Schule ist. Schüchtern fast.

»He!«, sage ich. »Kann ich mit dir reden?«

»Wegen was?«, sagt er und schaut erst mich an, dann seinen Bruder, dann wieder mich.

»Kein Problem«, sagt der Bruder, grüßt mich mit zwei Fingern an der Schläfe, lächelt und verzieht sich. Für ihn ist

Claude wahrscheinlich der Kleine, und ich bin der Freund vom Kleinen.

»Können wir im Gang reden?«, sage ich.

»Warum?«, fragt Claude. Auch er in T-Shirt und Unterhose, beide schwarz, und auch er in Socken.

»Es ist mir peinlich, wenn deine Brüder mithören«, sage ich.

»Es ist eh nur der Joe da.«

»Trotzdem.«

»Ich habe gedacht, wir sind quitt«, sagt er.

»Sind wir eh«, sage ich.

Er tritt zu mir in den Gang heraus, die Tür lehnt er an. Jetzt bin ich froh, dass wenig Licht ist.

»Weißt du, was ich hier in meiner Jackentasche habe?«, sage ich.

Er dreht sich zur Tür um. Um sich zu versichern, ob sein Bruder noch da ist oder ob er nicht mehr da ist? Das ist die Frage. Die Frage ist: Was wäre ihm lieber? Jetzt, da er allein mit mir ist, schlägt er den alten Ton an.

»Woher soll ich das wissen?«, sagt er. »Was geht mich deine Jackentasche an!«

»Wissen kannst du es nicht«, sage ich. »Da hast du recht. Aber du kannst ja raten.«

»Ich soll raten, was du in der Tasche hast?«

»Warum nicht?«

»Du bist hierhergekommen, damit ich rate, was du in deiner beschissenen Jackentasche hast?«

»Tu mir den Gefallen, Claude!«

»Du hast einen Vogel, gell?«, sagt er, und es klingt fast besorgt. Ob ich vielleicht wirklich einen habe.

»Ich glaube schon«, sage ich.

»Du glaubst selber, dass du einen Vogel hast?«

»Selber weiß man das nicht.«

»Dann sag ich es dir, Thaler: Du hast einen Vogel! Glaub mir!«

»Okay, Claude. Okay. Aber mir wäre trotzdem recht, wenn du raten würdest, was ich in meiner Jackentasche habe.«

»Es ist dein Ernst, gell?«

»Ja, es ist mein Ernst, Claude.«

Jetzt sehe ich, dass er Schiss hat.

»Soll ich dir zeigen, was ich in der Tasche habe?«, frage ich. »Weil du nicht raten willst?«

Und er, er sagt tatsächlich, tatsächlich traut er sich, das zu sagen: »Thaler, du bist das beschissenste Arschloch, das ich kenne.«

»Das kann nicht sein«, sage ich. »Weil, das ist jemand anderer. Ich zeige dir, was ich in der Tasche habe, und du sagst mir, ob dir etwas anderes einfällt, was ich sonst noch sein könnte außer das beschissenste Arschloch. Okay, Claude?«

Das war eh schon alles. Er hat sich umgedreht und die Tür hinter sich zugemacht und zweimal abgesperrt. Sein Schatten ist schnell verschwunden, und zwar von oben nach unten. Was nur heißen kann, er hat sich geduckt. Warum? Weil der untere Teil der Tür sich schwerer einschlagen lässt als oben der Teil aus Glas? Aber vor dem Teil aus Glas ist ja ein Metallgitter, ein verziertes Metallgitter. Wie hätte ich das einschlagen sollen?

Ich bin dagestanden. Eine ziemliche Weile. Habe nicht gewusst, was ich tun soll. Noch einmal klingeln wollte ich nicht. Wenn wieder der Bruder aufgemacht hätte, ich wäre wie ein

Depp dagestanden. Ich habe wieder das Ohr an das Schloss gelegt. Immer noch Musik.

Ich ging nach Hause.

Ich schaute mir einen Film über Kraniche an, auf *Servus TV*. Die bringen verlässlich Tierfilme oder Berichte über ferne Gegenden. Angenommen, ich studiere irgendwann, dann könnte ich mir gut vorstellen, Vogelkunde zu studieren. Also, dass ich ein Ornithologe werde. Mama meint, über Vögel weiß man inzwischen alles. Stimmt nicht. Was zum Beispiel bis heute nicht richtig erforscht ist: Die Kranicheltern, wenn sie merken, dass ihr Küken im Ei nach draußen will, es aber nicht schafft, weil die Schale zu hart ist, treten mit den Krallen so lange gegen das Ei, bis es zerspringt. Das Interessante dabei ist, dass sie genau wissen, wie sehr sie treten dürfen, damit das Küken im Ei nicht verletzt wird. Woher die Eltern das so genau wissen, das eben ist noch nicht gänzlich erforscht.

Während der Dokumentation aß ich einen Teller von dem Kohlrabi-Gemüse. Ich glaube nicht, dass man in einem Gasthaus ein besseres bekommt. Dazu zwei Scheiben getoastetes altes Weißbrot. Etwas nachwürzen musste ich, mit allem, Salz, Pfeffer, Muskatnuss.

Um zehn Uhr schaltete ich auf *Zeit im Bild 2* um. Ob sie etwas bringen. Sie haben nichts gebracht. Die Raven MP 25, gesichert, verstecke ich zwischen meinem Bett und der Wand in dem Winkel, wo übers Eck die zwei Bücherborde zusammenstoßen. Noch drei Patronen sind im Magazin. Irgendwann werden sie berichten. Im Fernsehen, im Radio, in den Zeitungen, im Netz. Außer, es gibt nichts zu berichten.

Fünf

1

Einen Samstag später, also eine Woche nach der Angelegenheit, gegen Mittag, klingelt es an der Tür. Wir halten wieder unser langes Frühstück mit dem verschiedenen Brot und den exotischen Früchten, inzwischen kenne ich die Namen. Draußen stehen ein Polizist und eine Polizistin und der Sozialarbeiter, der sich um Opa kümmern soll, der aber steht beim Aufgang zum nächsten Stock. Jetzt haben sie mich, denke ich, und es macht mir nichts aus. Es ist, als ob ich denke, die bringen uns die Post herauf und ich soll etwas unterschreiben. Oder als wären es die Frauen aus meinem Traum, die mich heiraten wollten. Immerhin haben die es dann doch nicht getan.

Ob meine Mutter da sei, fragt mich die Polizistin, sie hat einen blonden Rossschwanz unter der Kappe. Sie schaut ernst, aber nicht im Geringsten irgendwie verdächtig. Ich höre Schritte hinter mir, es ist Robert, er legt seine Hände auf meine Schultern. Was los sei. Die Polizistin wiederholt ihre Frage.

»Mama!«, rufe ich.

Der Polizist fragt Robert, wer er sei.

Er würde zuerst gern wissen, worum es sich handle, sagt Robert.

Dass eben, sagt der Polizist, dürfe er nicht jedem beantworten, nur Mitgliedern der Familie, also solle er ihm bitte sagen, wer er sei.

»Wieser Robert.«

Ich dachte immer, nur Schüler, wenn sie Schiss vor dem Lehrer haben und aufgerufen werden, nennen zuerst den Familiennamen und dann den Vornamen. Bei Gefängnisinsassen sei das Pflicht, hat mir Opa erzählt. Im Gefängnis nämlich stehe das Alphabet hoch im Kurs, und das werde nur auf die Nachnamen angewendet, sonst komme man ja nie an ein Ende. Ob das wahr ist, weiß der Kuckuck. Wenn einer sich nicht duckt, sagt er: Robert Wieser, wenn er sich duckt: Wieser Robert.

Mama tritt zu uns, im Morgenmantel, Robert und sie wollten sich nach dem Frühstück noch einmal hinlegen.

»Frau Thaler?«

»Das bin ich.«

»Dürfen wir hereinkommen?«

Mama bietet den Polizisten in der Küche Platz an, alle setzen sich, außer mir, ich bleibe beim Herd stehen, es sind nur vier Stühle in unserer Küche. Der Herd scheint mir der sicherste Platz zu sein. Der Sozialarbeiter sagte, er warte draußen. Warum? Falls ich versuche zu fliehen? Dann wäre doch gescheiter der Polizist oder die Polizistin draußen geblieben. Soweit ich das beurteilen kann, hat der Sozialarbeiter keine Waffe bei sich. Die Polizisten sind bewaffnet. Beide haben sie Gürtel, als hätten sie etwas zu verkaufen, Pistole, Leatherman, Taschenlampe, Handschellen, Handschuhe, Funkgerät und sonst noch jeder zwei kleine Ledertaschen, vielleicht für Pfefferspray und noch irgendetwas, Ersatzpatronen.

Ob wir wüssten, wo Opa ist. Seinen Namen sagen sie nicht. »Wissen Sie, Frau Thaler, wo Ihr Vater ist?«

Er habe sich nämlich bereits zum dritten Mal nicht bei seinem Bewährungshelfer gemeldet. Auch sei er wahrscheinlich nicht in seiner Wohnung. Herr Kaiper, so heißt der Sozialarbeiter, der Opas Bewährungshelfer ist, sei schon fast ein Dutzend Mal vor der Wohnungstür gestanden und habe geklingelt. Auch das Handy nehme Opa nicht ab.

Der Polizist weist mit dem Kopf auf mich, schaut mich aber nicht an. »Ich weiß nicht, ob ich vor ihm reden kann. Kann ich?«

Mama nickt. Ihr Sohn, sagt sie, habe seinen Großvater ja eigentlich gar nicht gekannt.

Ohne viel Ton sagt der Polizist. »Wir rechnen, ehrlich gesagt, mit dem Schlimmsten.«

»Das heißt?«, fragt Mama.

Robert, der neben ihr sitzt, legt seinen Arm um sie, drückt sie an sich. »Dass er sich etwas angetan haben könnte«, sagt er. Würde er noch einmal gefragt, wie er heißt, diesmal, glaube ich, würde er erst seinen Vornamen und dann seinen Nachnamen sagen.

Mama wirft mir einen Blick zu, der heißt: Wir reden später.

Ich tu gar nichts.

Die Polizistin und ihr Kollege fragen dann noch eine Weile weiter. Man sieht und hört ihnen an, dass sie sich bemühen, immer wieder neue Fragen zu erfinden. Damit wir nicht denken, sie nehmen die Sache nicht ernst. Wann sich Opa das letzte Mal per Handy gemeldet habe? Er habe sich überhaupt nie per Handy gemeldet, sagt Mama. Auch Robert stellen sie Fragen, als ob er zur Familie gehörte. Mir soll's recht sein. Ob er Opa gekannt habe, ob er über seinen Fall Bescheid wisse. Beide

Male: Nein. Für mich interessiert sich niemand. Mir soll's recht sein.

Ob Mama einen Schlüssel zu Opas Wohnung habe, fragen sie schließlich. Haben wir. Ich laufe, unaufgefordert, in die Garderobe und nehme den Schlüssel aus dem Fach, in dem alle unsere Schlüssel sind. Ich erkenne ihn an dem grünen Ring. Der Schlüssel war uns vom Bewährungshelfer übergeben worden, als Opa in seine Wohnung eingezogen ist.

»Danke«, sagt die Polizistin, und nun lächelt sie, und ich lächle zurück. Alle sehen es, und die Stimmung ist, man könnte fast sagen, mit dem Heben unserer Mundwinkel besser, richtig gut ist die Stimmung auf einmal. Ich finde, das sollte allen eine Lehre sein: Was ein Lächeln bewirken kann. Tausendmal wird das gepredigt, alle wissen es, und trotzdem wird es unterschätzt.

Mama fragt, ob die Herrschaften einen Espresso wollen. Wollen sie. Ich hole sechs Tassen aus dem Schrank, der Sozialarbeiter vor der Tür soll auch einen Kaffee kriegen. Ich bediene die Espressomaschine. Die Polizistin möchte gern schwarz und ohne Zucker, der Polizist mit Milch und Zucker, Mama schwarz, Robert nur mit Milch, ich schwarz ohne alles. Für den Sozialarbeiter mache ich aufs Geratewohl einen mit allem. Wenn man eingeladen ist, soll man sich nicht beschweren. Aus der Keksdose nehme ich die kleinen, blonden, trockenen und lege jedem eines auf den Unterteller. Kommt ebenfalls gut an. Robert sagt, die Herrschaften sollen sich doch bitte bedienen, es sei genug da. Bei der einen oder anderen Frucht fragt der Polizist oder die Polizistin, was das sei. Ich sage, das hätte ich auch nicht gewusst. Alle lachen. Robert hält einen kleinen Vortrag. Alle essen und trinken Kaffee.

Der Polizist sagt, man müsse nicht immer gleich ans Schlimmste denken. Damit sind wir wieder beim Thema. Mama entschuldigt sich, sie möchte sich herrichten. Ob die Herrschaften ein Viertelstündchen Zeit hätten. Ich bin drauf und dran zu sagen, mal zwei, das könnte hinkommen.

Mama, Robert und ich fahren im Polizeiauto zu Opas Wohnung, Herr Kaiper, der Bewährungshelfer, fährt mit seinem eigenen Wagen. Wir drei sitzen hinten, ich zwischen Mama und Robert, die Polizistin und ihr Kollege vorne, sie fährt. Er beobachtet uns über den Rückspiegel. Mama merkt es nicht, sie stößt mich von der Seite an und macht ein Gesicht, als fordere sie mich auf, endlich rauszurücken, was ich weiß, nicht jetzt und hier natürlich, aber wenn wir wieder zu Hause sind. Ich weiß alles und weiß nichts. Ich frage mich, wie der Polizist Mamas Grimassen deutet.

Eine Bemerkung zu der Raven MP 25: Sie in meinem Versteck zu lassen, während ich in der Schule war, das schien mir nicht gut. Mama würde nicht in meinem Zimmer herumschnüffeln, das würde sie nicht tun, schon aus Prinzip nicht. Aber Robert, ich weiß nicht warum, Robert traute ich das zu. Mama hat ihm einen Schlüssel zu unserer Wohnung gegeben. Einer fehlt. Dass sie ihn Robert gab, sollte heißen: Mein Herz ist offen, meine Tür ist offen. Irgendein Kitsch in dieser Richtung. Ich weiß nicht warum, aber ich konnte mir gut vorstellen, dass Robert, wenn niemand zu Hause ist, in die Wohnung schleicht und in meinem Zimmer sich einen Eindruck verschaffen will. Einen Eindruck von mir. Er ist mir zu schnell mein Freund. Also habe ich die Raven MP 25 mit in die Schule genommen.

Die ganze Zeit während des Unterrichts behielt ich meine Jacke an, die traurig grüne. Sicher, mir war zu warm, inzwischen wird schon geheizt. Aber auch ohne die Raven MP 25 in der Tasche hätte ich die Jacke nicht draußen vor dem Klassenzimmer in die Garderobe gehängt. Ich hätte Angst gehabt, es klaut sie mir einer. Weil so eine hat niemand. Ich bin oft auf sie angesprochen worden. Wo man so eine herkriegt. Weiß ich nicht. Mama hat sie mir besorgt, und wenn mir jemand etwas schenkt, frage ich nicht, woher er es hat.

Ich hatte die Raven MP 25 immer bei mir, Tag und Nacht. Auch als wir die Matheschularbeit schrieben. Auch jetzt im Polizeiauto. So weit die Bemerkung zu meiner Waffe.

2

Ich habe bis zu dem Augenblick, als wir Opas Wohnung betraten, nicht ein einziges Mal darüber nachgedacht, wie es mit ihm weitergegangen sein könnte, nachdem ich ihn erschossen hatte, draußen bei der Raststätte *Lindach Nord*, am hintersten Ende des Parkplatzes, wo der Wald beginnt. Nun, in seiner Wohnung, in Anwesenheit von Mama, Robert, den zwei Polizisten und dem Sozialarbeiter, dachte ich daran. Er wird nicht eine Woche lang dort herumliegen, irgendetwas muss geschehen sein. Viel mehr dachte ich nicht. Erinnern wollte ich mich nicht. Eher, das dachte ich noch, eher wäre der Traum von den Frauen, die mich heiraten wollen, kein Traum, dafür aber das Bild von dem ellenlangen Hampelmann, der mit verbogenen Gliedern auf dem nassen Asphalt lag.

Alle waren erleichtert. Die Polizistin streifte sich Plastikhandschuhe über, die gleichen, die mir Mama gibt, wenn ich ihr die Haare färbe. Das schien mir übertrieben, ihrem Kollegen auch, er tat das nämlich nicht. Ich glaube, auch Polizisten schauen am Sonntagabend den *Tatort* an, und dann sehen sie, wie es die Schauspieler machen, und meinen, so gehöre es sich. In Opas Wohnung genügen die Augen, es gibt nichts zum Aufheben und Schauen, was darunter ist, die wenigen Schubladen sind leer. Was könnten hier verwischte Fingerabdrücke schon anrichten. Das Buch *Wissen entdecken. Weltall: Planeten, Sterne, Schwarze Löcher* steht, wo ich es hingestellt habe, einsam in der Mitte des Regals. Opa hat es nicht einmal aufgeschlagen. Die Bibel ebenfalls nicht, sie steht einsam am Ende des Regals. Dazwischen staubgewischt. Ein Rest von der Salami liegt neben der Spüle, nicht viel mehr als ein Zipfel, die Schnittfläche graubläulich. Im Kleiderkasten sind Hemden, glatt gebügelt wie gepresst und millimetergenau übereinandergestapelt, ebenso Unterhosen und Unterhemden und Socken. Auf dem Nachtkasten steht das Kofferradio, die Antenne ausgezogen. Das Bett ist gemacht, ebenfalls millimetergenau wie gestanzt. Diese Genauigkeit, sagt der Sozialarbeiter, werde einer, der so lange gesessen hat, nie mehr los.

»Das werden sie nicht los«, bestätigt der Polizist, »alles andere, was einen Menschen ausmacht, eben leider schon.«

Was er damit meine, fragt Mama. Der Polizist zuckt nur mit der Schulter. Robert gibt ihr ein Zeichen, das soll heißen: Bleib ruhig! Mama schaut ihn an und hebt die Brauen, aber nur in der Mitte über der Nase, so dass sie schräg stehen wie zwei Giebel, das können die wenigsten, sieht ein bisschen hündisch aus, soll heißen: Wenn ich dich nicht hätte. Etwas in dieser Art. Für meinen Geschmack zu routiniert. Ich setze mich auf den Platz, auf dem ich gesessen war, als mir Opa die blöde Geschichte von dem Überfall erzählt hat. Aber ich will nicht sitzen, stehe gleich wieder auf. Mir ist wie automatisch schlecht geworden, eine Minute länger, und ich hätte wieder kotzen müssen. Der Überkick wäre, wenn Opas Geschichte genauso stattgefunden hätte. Dass er tatsächlich die drei ermordet hat. Durch das Fenster sehe ich ein Stück Himmel über einer Mauer. Opa hat mir erzählt, dass er in seiner Zelle auch ein Stück Himmel über einer Mauer gesehen habe und dass in der ersten Zeit jeder Vogel eine Sensation gewesen sei. Später nicht mehr. Erst wieder, als sich die Milane so sehr vermehrt hatten. Ich wusste nicht, wie ich einen Milan erkennen könnte, und Opa sagte, er habe es auch nicht gewusst, sich dann aber kundig gemacht, ein Wärter habe es ihm erklärt und ihm ein Vogelbuch besorgt und ihm von Robert Stroud erzählt, der ein mehrfacher Mörder gewesen sei und fünfzig Jahre gekriegt und sich im Gefängnis zu einem exzellenten Vogelkenner entwickelt habe, den bis heute in Amerika jedes Kind kenne, dessen Leben sogar verfilmt worden sei, mit einem berühmten Schauspieler, den Namen habe ich vergessen. Der Wärter habe sich gedacht, das könnte auch etwas für Opa sein. War es aber nicht. Er habe lediglich wissen wollen, was für Vögel das seien, diese großen mit dem V-förmigen Schwanz.

Es riecht hier übrigens nach gar nichts. Nicht nach meiner Kotze, nicht nach irgendeiner Speise, nicht nach Rasierwasser, auch nicht modrig oder nach Staub, auch nicht nach Opas Marlboro. Ich sehe keinen Aschenbecher. Wo ist Opas

Schachspiel? Im Eck bei der Spüle liegt sein Talisman, neben dem Spülmittel und dem Schwamm. Der Stein, den ihm einer an den Kopf geworfen hat, als er ein Bub war. Der Stein, der wartet. Niemand nimmt Notiz davon. Sie denken, es ist ein Stück Seife. Oder denken gar nichts. Als sich alle in das winzige Schlafzimmerchen drängen, stecke ich den Stein in meine Jackentasche und schiebe meine Hand nach. So stehe ich, lehne an der Spüle, die Hände in den Jackentaschen, mit der einen umschließe ich den Talisman, mit der anderen die gesicherte Raven MP 25. Ich bin vierzehn Jahre alt, seit gut einer Woche. Von mir will niemand etwas. Und kriegt auch niemand etwas.

Interessant sei, sagt Robert, dass Alkohol offensichtlich im Leben dieses Mannes keine Rolle gespielt habe.

»Warum gespielt habe?«, fragt Mama.

»Ich habe mit Schnaps oder wenigstens Bier im Kühlschrank gerechnet«, sagt Robert. »Wenn man so allein ist.«

»Warum gespielt habe?«, wiederholt sie und betont das letzte Wort nun noch mehr.

Er verstehe jetzt nicht, was sie meine, sagt er. Der Polizist, seine Kollegin und der Sozialarbeiter, die eng beieinanderstehen, weil hier alles eng ist, schauen ihn an.

Ich sage: »Mama meint, warum du so tust, als ob er tot ist.«

»Entschuldigung«, sagt Robert. »Das wollte ich nicht. Um Gottes willen, nein! Bist du mir böse?«

Nicht zu Mama sagt er das, sondern zu mir hin. Er meint, der Enkel stand dem Mann näher als die Tochter. Ich wette, wenn es eines Tages zwischen Mama und ihm auseinandergeht, und einer macht sich die Mühe, genau zu untersuchen, an welchem Punkt das Ende angefangen hat, dann kommt heraus:

hier. Es würde mich interessieren, ob ich diese Wette gewinne. Leider lässt sich das nicht feststellen. Wer, bitte, sollte sich die Mühe machen.

3

0664, zwei halbe Äpfel mit Stiel und Blatt, zwei erwürgte Nullen und einmal James Bond. Nachdem wir aus Opas Wohnung zurück waren, verzog ich mich in mein Zimmer, verkroch mich im Bett und tippte die Nummer in mein Handy. Nach dem dritten Hupen meldete sich Papa.

Er sagte »Hallo?«, dann lange nichts, dann: »Du bist es, Frank, sag's doch einfach.« Erst wusste ich nicht, ist er zornig. Dann sagte er: »Bitte. Bitte, Frank.«

Ich sagte: »Ja, ich bin's.«

Ich sagte, ich würde ihn gern treffen und auch seine Freundin kennenlernen.

»Weil es kein Zustand ist, wenn sich Vater und Sohn so lange nicht sehen«, sagte er, und seine Stimme zitterte. »Das meinst du, Frankie, oder? Du hast recht, du hast so sehr recht, Frankie, so sehr recht hast du!«

Er hat Gefühle, aber sie halten nicht lange. Ich hoffe, dass ich, wenn ich einmal welche habe, anders bin. Wahrscheinlich saß seine Freundin mit den dicken schwarzen Augenbrauen dicht neben ihm und hörte zu, hörte ihn und meine Stimme, oder er hat frischweg sein Handy laut geschaltet.

»Ist deine Freundin bei dir?«, fragte ich.

»Würde dich das stören?«, fragte er zurück.

»Nein«, sagte ich.

»Möchtest du mit ihr sprechen, Frank?«

»Ich kenne sie ja gar nicht, und sie kennt mich auch nicht.«

»Ich habe ihr viel von dir erzählt.«

Als ich fünf oder sechs Jahre alt war, das könnte er ihr erzählt haben, da fuhren wir mit dem Auto nach Kroatien ans Meer. Ich war immer zwischen ihnen, nie sehe ich Mama in der Mitte oder Papa, immer war ich es. Auf der Fahrt bereiteten sie mich auf das Meer vor. Über das Meer waren sie sich einig. Sie freuten sich auf mein Staunen. Irgendwo auf Istrien war es, schon langsam Abend, aber Licht genug. Noch bevor sie im Hotel eincheckten, fuhren sie nahe an die Küste, parkten das Auto aber hinter einem Gebäude, von wo aus man das Meer nicht sehen konnte. Dann band mir Papa den Seidenschal von Mama um die Augen, zweimal herum, mein Kopf war ja noch klein, und sie führten mich an den Händen, Mama an dieser, Papa an der anderen, zwischen den Häusern hindurch und über eine Straße, barfuß war ich, und dann standen wir auf den Klippen. Ich roch das Meer und spürte die kühle Luft auf der Haut und Papas Hand auf meinem Kopf. Es war anders als alles, was ich kannte, aber wenn man ein Kind ist, begegnen einem jeden Tag ein Haufen Dinge, die man nicht kennt. Ich riss den Schal von meinem Kopf und sah das Meer vor mir, eine graue, krause unendliche Platte, schaute Mama an, schaute Papa an, sah ihre verlogenen Gesichter und fiel in Ohnmacht.

»Was hast du deiner Freundin von mir erzählt?«, fragte ich.

»Frag mich nicht aus«, sagte er. Und dann schnippisch, also so, wie er denkt, dass jemand redet, der schnippisch tun will, nicht einmal wirklich schnippisch ist, sondern nur so tun will. Er tut so, wie einer tut, der so tut, als ob er tut. Das ist typisch für ihn, wenn er etwas gut meint: »Der Vater fragt, der Sohn antwortet. Und wer ist der Vater?«

»Du«, sagte ich.

»Und wer ist der Sohn?«

»Ich.«

»Also, Frank, bin ich es, der fragt. Was kann ich für dich tun? Ich sag's gleich, ich tu's gern. Warum hast du mich angerufen?«

Ob er mich nimmt. Wenn es drauf ankommt. Ich meine, wenn mich Mama nicht mehr haben will. Oder haben darf. Weil es bei ihrer Erziehung so sehr gehapert hat. Das wäre meine Frage.

»Können wir uns treffen?«, frage ich.

»So gern! So gern! Bist du mir böse, dass ich deinen Geburtstag vergessen habe, Frankie?«

»Überhaupt nicht.«

»Dabei habe ich ihn gar nicht vergessen. Den ganzen Tag habe ich daran gedacht. Heute hat Frankie Geburtstag, habe ich gedacht. Und dann sehe ich dich auf der Straße, und da hat es mir gelöscht. Verstehst du das, Frankie? Verwirrung pur sozusagen.«

»Macht es dir etwas aus, Papa, wenn du nicht Frankie zu mir sagst?«

»Überhaupt nicht, Frank. Aber dann können wir das gleich so machen, nämlich richtig, dass du auch nicht mehr Papa zu mir sagst, sondern Harald. Freunde, verstehst du, Frank, Freunde.«

»Freunde.«

»Ist das in Ordnung für dich?«

»Ist gut.«

»Es wäre schön, wenn du es einmal sagen könntest.«

»Was? Dass ich was sagen könnte.«

»Wie zwei Freunde. Das wäre schön.«

»Ach so, ja. Das wäre schön, Harald. Harald. Das meinst du, oder?«

»Das meine ich, ja. Ich bin so froh, dass wir miteinander telefonieren, Frank. Du auch?«

»Klar, Harald.«

»Es ist so, als wäre …« Er überlegte. »Als wäre …« Er überlegte. »… eine Mauer eingerissen worden. Kitschig ausgedrückt, aber du verstehst, was ich meine, Frank.«

»Klar, Harald.«

Ich bin kein Lügner, darum muss ich zugeben und gebe es auch zu: Ich hatte vergessen, wie er heißt. Oder ich habe es nie gewusst. Wie bei Opa. Bei Opa ist es verständlich, der war ja nicht da. Mama hat zu Papa immer Papa gesagt und er zu ihr Mama.

Ich sagte, in einer Woche wäre mir recht, am nächsten Samstag, da hätte ich keine Schule, da ginge es mir. Aber ich sagte es ohne Mut.

»Und heute geht es dir nicht?«, fragte er.

»Nein, heute nicht.«

»Und warum nicht?«

Ich sagte die Wahrheit. »Das ist mir zu früh. Ich muss mich vorbereiten.«

»Du musst dich vorbereiten, wenn du deinen Vater triffst?«

Er wartete auf Antwort.

»Okay«, sagte er.

Er schlug das *Café Prückel* am Ring vor, gegenüber vom Eingang zum Stadtpark, am Ende der Wollzeile, beim Lueger-Denkmal. Kenn ich. Die Möbel dort habe er gern, sagte er.

»Dann alles klar, Frank? Und wann?«

»Zum Frühstück«, sagte ich. »Um acht.«

»Kann es nicht später sein?«

»Nein.«

»Aha. Gut. Dann acht Uhr zum Frühstück. Alles klar, Frank.«

»Alles klar, Harald. Und sie kommt auch mit?«, fragte ich dann doch.

»Sowieso!«, sagte er und legte auf. Ihren Namen hatte er nicht genannt. Und ziemlich schnell aufgelegt hatte er auch. Als hätte er über die Handywellen in meinem Kopf lesen können. Die Frage ist, ob sie mich nehmen. Im Fall. Und auch, ob ich das will. Das ist die Frage der Fragen.

So schlafe ich ein, am helllichten Tag. Die Raven MP 25 liegt unter meinem Kopfkissen, ich spüre sie an meiner Wange. Opas Stein steckt in meiner Jacke, dort wartet er. Mit ihm bin ich noch nicht ganz im Reinen.

4

Kann es sein, dass nichts mehr kommt? Einen Tag bevor ich Papa traf, also am Freitag, fragte ich Mama zu Mittag, ob sie mit mir im Prater spazieren geht. Wenigstens einmal wollte ich das noch haben.

»Weil du am Sonntag sicher keine Zeit hast«, sagte ich. Hätte gern gehabt, dass sie mir widerspricht. Tat sie nicht.

Ein Teil unseres Wochenplans war immer gewesen: dass wir am Sonntag im Prater auf der Hauptallee bis zum Schweizerhaus gehen und dann zurück, manchmal dort einen Kakao trinken, sie einen Kaffee, ein Stück Mohnkuchen essen, der sehr zu empfehlen ist, ich eher, wenn es schon dem Abend zuging, eine Gulaschsuppe oder Frankfurter mit Kren und Senf, manchmal aber auch einen Apfelstrudel, wie es uns gerade anmacht. Deshalb am Sonntag, weil da alle Welt im Prater spazieren geht, und es hat uns wohlgetan, dabei zu sein und zu schauen, wie verschieden alle sind, und zu kommentieren, wie der eine Jogger läuft und wie der andere, viele gehen gleich, aber joggen tun sie alle verschieden, und dass Frauen in den meisten Fällen zügiger unterwegs sind als Männer, die Männer dafür sportlicher angezogen sind als die Frauen, die Frauen beim Laufen eher lächeln, die Männer eher verbissen dreinschauen, die Frauen das Kinn nach oben, die Männer nach unten. Das waren unsere Beobachtungen. Wir setzten uns auf eine Bank, ich mit einer Baseballkappe auf dem Kopf, wenn möglich, jede Woche eine andere, ich besaß eine Sammlung, irgendwann habe ich sie verschenkt an einen Mitschüler, den ich zum Freund haben wollte. Mama war immer vornehm angezogen, das kann ich beurteilen, einer Schneiderin kannst du keinen lumpigen Trainingsanzug andrehen, schon gar nicht für draußen, auch nicht einen von einem Angeberlabel. Selber gemacht hat sie ihre Kleider selten, aber sie hat sie verschönert, hat dort etwas angenäht, hier etwas abgeschnitten und so weiter, ich kenne die Fachausdrücke nicht. Mama kann alles tragen, sie könnte einen Sack nehmen, die Erdäpfel herausschütteln, drei Löcher hineinschneiden, Kopf und Arme durchstecken, und schon ist es ein Designerstück. Der Poncho fällt mir ein. Was aus ihm geworden ist.

Mama hatte an diesem Abend keinen Dienst, aber sie war vom Direktor, nämlich von ihm persönlich, eingeladen worden, die Vorstellung zu besuchen, auf Kosten des Hauses. Sie habe die Aufführung von unten noch nicht gesehen, sagte sie, nur von der Seite, und für sie und einige ihrer Kolleginnen sei heute Abend eine Loge reserviert. Eine Loge! Zwei Flaschen Prosecco und Gläser seien postiert. Ob ich jetzt verstehe, warum sie so gern dort arbeitet! Also allzu lang könne sie nicht spazieren gehen. Sie wolle sich heute sehr sorgfältig sehr hübsch machen. Eine Stunde sei mir recht, sagte ich. Wir zogen unsere Winterschuhe an. Ich habe meine geputzt, die hohen derben, sie sehen jetzt aus, als wären sie von einer militärischen Fachkraft behandelt worden. Die führen Krieg, und am nächsten Tag siehst du keine Spur, alles picobello. Oder du bist tot. Ich glaube nicht, dass dir dann jemand noch die Schuhe putzt. Mama hat Schuhe für Temperaturen unter minus zehn Grad. Von oben betrachtet sind sie wie harmlose Hauspatschen, aber aus einem Material, man würde sich nicht wundern, wenn das für die Weltraumfahrt erfunden worden wäre. Andere Schuhe für den Winter hat sie nicht. Sonst nur unbequeme Damenschuhe. Es ist kalt geworden. Wir fuhren mit dem Bus und der U-Bahn und gingen dann zu Fuß am Riesenrad vorbei zur Hauptallee. Die Kastanien sind bereits am Boden verfault. Schade. Noch jedes Jahr habe ich ihr oder hat sie mir ein erstes Exemplar mitgebracht, die lagen auf unserem Küchentisch, bis sie nicht mehr glänzten. Heuer nicht. Auf der Hauptallee ist doch noch einiges los. Fahrradfahrer nicht mehr viele. Aber Fußgänger. Meistens Paare. Wenige Jogger. Man will sich etwas zu sagen haben um diese Jahreszeit und hängt sich gegenseitig an den Mänteln ein, darum gehen die meisten im Gleichschritt, automatisch. Ich gehe gern eingehakt und vorgebeugt. Man hat das Gefühl, man schiebt einen kleinen Raum vor sich her, wenn man an sich hinunterschaut und mit dem Kopf dem Körper voraus ist, das macht das Gehen heimelig. Mama und ich haben uns immer noch etwas zu sagen, aber heute schweigen wir. Einmal fragt sie mich, ob ich bedrückt sei. Ob ich den Blues habe. So sagt man in ihrer Generation. Ich glaube, die meisten in meiner Klasse würden nicht verstehen, was sie damit meint. Ich verstehe es. Wir zweigen von der Allee ab, gehen über die Wiese, auf der im Sommer die Menschen liegen und Radio hören und die jetzt feucht ist, weil sich darauf ein feiner Nebel niedergelegt hat. Über den Bäumen kommt die Sonne heraus, die letzte an diesem Tag, unten im Westen ist ein Loch in den Wolken, dort wartet sie und beleuchtet den Nebel. Im Sommer hört man bis hier herüber die Spaziergänger auf der Allee sprechen und lachen und telefonieren und hört die Fahrradklingeln, jetzt nicht. Man hat sich viel zu sagen und sagt nichts. Das ist nicht ungewöhnlich. Wir sind die Einzigen auf der Wiese. Der Nebel liegt unter unseren Köpfen, eigentlich ist es übertrieben, von Nebel zu sprechen. Eher Dunst. Wir sehen einen Fuchs. Nein, nein, es ist kein Hund, es ist ein Fuchs. Keine zwanzig Meter vor uns tritt er aus dem Wald. Das ist im Prater nicht ungewöhnlich. Er ist im Licht etwas verwischt, schaut zu uns herüber, eine Vorderpfote erhoben. Als würde er über etwas nachdenken. Die Beine sind schwarz bis fast zum Körper hinauf, unter dem Gesicht bis auf die Brust hat er weißes Fell, sonst ist er orangerot, die Ohren groß und spitz, der Schwanz erstaunlich dick. Gern würde ich so ernst schauen können wie er. Worüber denkt er nach? Dass er im Wald falsch abgebogen ist? Dass er nach links hätte gehen sollen anstatt nach rechts? Das Herz wird mir schwer, wenn ich so ernst angesehen werde, auch wenn es ein Tier ist. In Wahrheit habe ich nur Mama. In Wirklichkeit habe ich nur sie. Sie hat in Wirklichkeit Robert nicht, also hat sie auch nur mich. Sie hat mir nie von ihrer Mutter erzählt. Ich vermute deswegen, weil Mama sie lieb gehabt hat und in der Erinnerung nicht möchte, dass sie neben Opa steht, aber weil immer Opa danebenstehen würde, wenn sie sich an sie erinnert, hat sie diese Frau gestrichen und gelöscht. Auch gibt es keine Fotos von ihr. Ich vermute, deshalb nicht, weil er überall drauf ist. Ganz sicher werde ich Mama keine diesbezüglichen Fragen stellen. Ob ihre Mutter klein war wie sie? Ich weiß nicht einmal, ob sie noch lebt. Wenn nicht, wie ist sie gestorben? Wenn ja, ob sie in Wien wohnt? Wo? Wie heißt sie? War sie zu Mama, wie Mama zu mir ist? Es gibt allerdings auch keine Bilder von meinem Vater in unserem Haushalt. Es gibt nur uns zwei. Als wären Mama und ich die ersten Menschen. Als wären wir aus dem Wald direkt in die Stadt gekommen. Ich habe mir immer gedacht, es ist hundertmal wahrscheinlicher, dass Adam und Eva Mutter und Sohn waren und nicht Mann und Frau. Unser Biolehrer würde mir recht geben. Er ist übrigens in gewisser Weise ein Vorbild für mich, nämlich was sein Outfit betrifft. Die lässigsten Anzüge, alle mit Wams, die lässigsten Krawatten, jeden Tag eine andere, und vor allem: nicht wie seine Kollegen und der größte Teil der Menschheit, Bluejeans und das Hemd über der Hose. Ein vornehmer Mann. Dem Sohn einer Schneiderin imponiert das. Sonst niemandem in meiner Klasse. Aber was interessiert jetzt noch der Anzug unseres Biolehrers! Bis Opa aufgetaucht ist, waren wir beide, Mama und ich, die ersten Menschen.

Mama hält mich an der Jacke fest. Ich soll stehen bleiben. Und leise sein. Denn der Fuchs macht nun doch ein paar Schritte, sogar auf uns zu. Mir fällt ein, dass ich irgendwo gelesen habe oder ist es im Fernsehen besprochen worden, dass nicht hundertprozentig erwiesen sei, ob der heutige Hund allein vom Wolf abstamme oder ob auch der Fuchs in Frage komme. Der Fuchs könnte das erste Tier ein. Das erste, das der Mensch gezähmt hat. Wäre ich ein Hund, ich würde vom Fuchs abstammen wollen. Vielleicht habe ich diese Überlegungen ja gar nicht gelesen oder darüber sprechen hören, sondern geträumt. Dass ich mir nur einbilde, ich träume nie, in Wirklichkeit aber doch träume, dann aber meine, ich hätte das Geträumte im Fernsehen gesehen. Könnte das sein?

»Pst!«, macht Mama.

Ich stehe eh, und leise bin ich auch, war ich die ganze Zeit schon.

»Was der Löwe nicht kann, kann der Fuchs«, flüstert sie.

»Sagt wer?«, flüstere ich zurück.

»Der Volksmund.«

»Den kenn ich nicht.«

»Solltest du aber.«

»Hast du seine Mailadresse?«

»Dummkopf!«

Sie greift nach meiner Hand. Die steckt in der Jackentasche, und dort umschließt sie die Raven MP 25. Mama fragt, was das ist. Ich frage, was sie meint. Was ich in der Tasche habe und festhalte, sagt sie. Es ist ein Stein, sage ich. Wozu ich einen Stein brauche, fragt sie. Ich sage, ich habe gelogen, es ist kein Stein, es ist eine Pistole, sie hat einen verzierten Griff, sage ich, eine Rose und Blätter und Dornen, auf der einen Seite und auf der anderen, im Magazin sind noch drei Patronen, aber sie ist gesichert. Mit unserem Reden haben wir den Fuchs verscheucht, oder wir waren ihm langweilig geworden, er ist zurück in den Wald. Mama lässt meine Hand los.

»Es war ein Witz«, sage ich und tu genervt.

Sie sagt nichts.

»Ich habe so eine im Internet gesehen«, sage ich, »das ist alles. Es war ein Witz!«

Nichts von ihr.

»Soll ich dir zeigen, was es ist?«

Sie sagt wieder nichts.

»Soll ich?«

Sie schüttelt den Kopf.

»Mein Gott, bist du feig!«, sage ich.

Ich drehe mich um und marschiere über die Wiese ab, die Hände in den Taschen, zurück zur Allee. Ich weiß, was folgen wird. Nämlich das: Sie wird langsam hinter mir hergehen, ich werde eine halbe Stunde vor ihr zu Hause sein, sie wird an die Tür zu meinem Zimmer klopfen und sich bei mir entschuldigen. Ich werde sie nicht fragen, wofür sie sich entschuldigt. Ich werde durch die Tür hindurch sagen: Alles ist gut, Mama. Ich hab dich lieb. Und sie wird sagen: Ich hab dich auch lieb, Frank. Und dann wird sie sich ein Bad einlaufen lassen, und bald wird es in der Wohnung nach etwas Gutem riechen, ich kenne die Namen der Badeöle nicht, die sie verwendet, immer ein anderes, immer ein gutes.

Sie hat ein enges schwarzes kurzes Kleid an. Sie bittet mich, den Reißverschluss zuzumachen. Mach ich gern. Ich habe eine schöne Mama. Wenn ich doch nur mehr zufrieden wäre mit Robert!

Aus ihrem fröhlichsten Gesicht heraus sagt sie: »Irgendwann, Frank, müssen wir über Opa reden, das bleibt uns nicht erspart.«

»Ich wüsste nicht, was«, sage ich.

»Bei diesem Mann«, sagt sie, »muss man sich nicht an ein Versprechen halten. Schon gar nicht, wenn man ein Kind ist. Und du bist noch ein Kind, Frank.«

»Ich habe ihm nichts versprochen«, sage ich.

»Ich höre heraus, dass du ihm genau das versprochen hast. Dass du, wenn ich dich frage, zu mir sagen wirst, du hast ihm nicht versprochen, nichts zu sagen. Dieser Mann, Frank, ist kein Vorbild. Der ist weder lässig noch sonst irgendwie interessant. Niemand will so sein wie der. Den will niemand. Der ist … der ist einfach nur … erspare mir das Wort, Frank. Man soll nichts gegen den eigenen Vater sagen, nein, das soll man nicht, ganz egal, was das für einer ist.«

»Okay, Mama«, sage ich.

Und sie sagt noch einmal: »Irgendwann müssen wir über ihn reden, Frank.«

An der Tür gibt sie mir einen schnellen Kuss. Sie werde spät erst kommen, und sie werde Robert mitbringen. Ob mich das störe. Ich sage, dass ich nicht mit ihnen frühstücke morgen, ich würde früh aufstehen, ich hätte etwas ausgemacht und sei dann weg und komme erst am Abend. Oder so. Da ist sie schon halb über die Stiege hinunter.

5

Ich bin zu früh, eine Viertelstunde. Das *Café Prückel* öffnet außerdem erst um neun. Ich hatte sowieso nicht vor hineinzugehen. Ich warte. Wie ich Papa einschätze, fährt er mit dem Auto bis vor die Tür und schaut sich dann nach einem Parkplatz um. Um diese Zeit ist viel frei. Wie ich Papa einschätze, ist er nicht pünktlich. Aber er ist pünktlich.

Seine Freundin sitzt hinten, der Beifahrersitz ist für mich. Ich drehe mich zu ihr und gebe ihr die Hand. Die Augenbrauen scheinen mir noch finsterer. Sie rückt auf dem Sitz vor und drückt meine Hand gegen ihre Brust. Wenn sie lächelt, spüre ich, wie es in mir pumpert, ihre Stimme ist zudem einmalig. Sie sagt ihren Namen. Ich will noch etwas warten, bis ich ihn nenne. Ihre Stimme passt zu ihren Brauen, das trifft es exakt. Sie hat kleine, sehr weiße Zähne, und was sie sagt, ist, als spräche sie zu mir wie zu einem Freund, den sie schon lange kennt, länger, als ich alt bin, weich wie Creme ist ihre Stimme. Mama würde gefallen, was sie trägt, nämlich eine dunkelrote Samtjacke mit silbernen Reißverschlüssen und schwarzen Nähten, elegant und doch leger, diese Kombination mag Mama, das sei heutzutage das einzig Beste. Gut zusammen passen das schwarze Haar, die schwarzen Brauen, der gelbe Audi und die rote Jacke. Ich bin mir sicher, dahinter steckt Überlegung. Auch das würde Mama gefallen. Leute, sagte sie einmal, die sich vor ihrem Kleiderkasten keine Gedanken machen, die regen sie auf. Das gehört zum Schneiderinnenberuf.

Ich sage: »Darf ich mir etwas wünschen?«

»Der Tag heute«, sagt sie, nicht Papa sagt das, sondern sie, »ist dein Geburtstagsgeschenk, Frank.«

Fast hätte ich gefragt, ob sie beide das ausgemacht haben, dass sie das sagt und nicht Papa, der es eigentlich sagen müsste.

Ich sage, schaue aber dabei sie an: »Papa, ich wünsche mir, dass wir auf die Westautobahn fahren, dort gibt es eine Raststätte, das ist gar nicht weit, die heißt *Landzeit Steinhäusl*, kennst du die?«

Er kennt die Raststätte nicht. Ich sage, ich hätte im Netz nachgesehen und gelesen, dort gäbe es das beste Frühstück weit und breit, und dass ich mir wünsche, mit ihnen dorthin zu fahren. Papa lächelt mich an, haut den Gang hinein und braust los. Während der Fahrt ist sie noch weiter auf ihrem Sitz vorgerückt, so dass ihr Kopf zwischen mir und Papa ist. Als ob wir drei nebeneinandersäßen, sie zwischen Papa und mir. Sie duftet sehr angenehm. Nicht, dass das ganze Auto nach ihr riecht, eben nicht. Wenn man ihre Haut riecht, dann ist man ihr bereits ziemlich nahe, ich glaube, das ist die Absicht. Es ergibt sich, dass ich schräg sitze, also nicht zur Windschutzscheibe hinausschaue, sondern in die beiden Gesichter. Sie sieht nur mich an, was klar ist, Papa muss ja auf die Straße achten. Manchmal, wenn sie mit mir spricht, legt sie ihre Hand auf meine Schulter, dann spielen ihre Finger mit dem Stoff meiner Jacke, ich glaube, die grüne Farbe gefällt ihr. Grün und Rot, Komplementärfarben. Ich wünschte, meine Jacke könnte mir mein Leben lang erhalten bleiben. Ich liebe sie, das traue ich mich zu sagen. Wir fahren an der Oper vorbei und am Naschmarkt vorbei an der U4 entlang und am Schloss Schönbrunn vorbei, wo mir der Blick nach draußen unangenehm ist, weiter durch Hietzing fahren wir, wo Opa das rote Auto geklaut hat, und sind schon bald auf der Autobahn. Papa drückt aufs Gas, er fährt nur auf der linken Fahrbahn.

Ich sage: »Ein lässiges Auto.«

Papa nickt und lächelt. Ich kann mir gut vorstellen, dass es genau dieses Lächeln war, auf das Mama abgefahren ist.

»Leider gehört er nicht mir«, sagt er. »Er gehört ihr.«

Er legt seine Hand auf ihre Hand, die auf meiner Schulter liegt. Ich kann mir gut vorstellen, dass auch sie auf sein Lächeln abfährt. Ich müsste einmal vor dem Spiegel schauen, ob ich ein ähnliches habe oder ohne großen Aufwand hinkriege. Die beiden Hände liegen übereinander, ich spüre, wie die ihre meine Schulter presst, als wolle sie mir damit etwas sagen. Wenn man will, lässt es sich als ein heimliches Pressen interpretieren.

Bald sehen wir das Schild *Raststätte Landzeit Steinhäusl.* Nicht viele Pkw stehen hier, aber schon eine lange Reihe Lkw.

Hoffentlich bekommen wir noch einen Platz im Restaurant! Durch die Fenster des Supermarkts sehe ich den Stapel mit den karierten Decken. Er ist genauso hoch, wie er war.

Einen schönen Platz kriegen wir sogar. Am Fenster hin zum Wald. Genauso habe ich mir das Restaurant vorgestellt. Ein Buffet, so groß wie unser Klassenzimmer, darauf nur Erlesenes. Angefangen bei den Früchten bis zur aufgeschnittenen Wurst und den verschiedenen Schinken, Käse wie in einem Feinkostladen, in Streifen geschnittenes rohes Gemüse, da würde Mama zugreifen, in Öl oder Essig Eingelegtes, Salattöpfe, kalte Wienerschnitzel, Würstchen unter einer Wärmelampe, Eierspeisen, aber auch die verschiedensten Mehlspeisen, angefangen von dem bei Mama und mir beliebten Mohnkuchen über Topfentascherln zu den schweren Torten. Ein Koch steht an den Herden, bei ihm kann man sich ein Omelett bestellen. Ich, bitte, eines mit allem! Fruchtsäfte ein gutes halbes Dutzend und Sekt, Prosecco und Champagner. Ich bin glücklich! Mama fehlt mir überhaupt nicht. Zu ihr würde diese Pracht auch nicht passen. Ich muss abermals Papa recht geben, dass er von uns davon ist. Mama wäre das hier zu übertrieben. Bei aller Liebe zu schönen Dingen ist sie doch auch streng. Es war ihr auch nicht recht, dass Robert so viel eingekauft hat. Hat sie mir gesagt, die Hälfte müsse man entsorgen. Ich glaube ja, das mit dem vielen Mitbringen hört sich bald ohnehin auf. Papa hat ein anderes Leben gewollt. Und gekriegt. Nicht dass die neue Frau an seiner Seite schöner wäre als Mama, kann sein, dass sie mehr auf dem Kasten hat, auf alle Fälle ist sie näher am prächtigen Leben. Ich kann mir ein Weinen aus diesen Augen, unter diesen Brauen, nicht vorstellen. Und wahrscheinlich hat sie einen Vater, wie man eben einen hat, einen gewöhnlichen, auf jeden Fall nicht so einen wie Mama. Wir laden uns ordentlich auf. So gut wie von allem etwas.

Am meisten redete ich. Am wenigsten sie. Papa kommentierte ein bisschen. Das heißt, er bemühte sich, was sie und ich sagten, mit einer Pointe zu verbessern. Damit er wie der Löwe dasteht und wir wie die Füchse. Wobei mir der Sinn dieses Sprichwortes immer noch nicht aufgeht. Ich hätte Mama danach fragen sollen. Jetzt ist es dafür zu spät.

Ich will nicht darauf eingehen, was wir drei geredet haben. Es war nichts zum Verbessern dabei. Ich hatte den Eindruck, alles, was sie sagt, ist irgendwie zweideutig. Aber wahrscheinlich liegt das an ihrem Gesicht. Ihr Gesicht ist zweideutig. Sie konnte nicht aufhören, meine Jacke anzugreifen, an den Oberarmen und den Unterarmen, auch auf die Brust griff sie mir. Wenn sie mir zuhörte, dann, als wollte sie noch das letzte Wort aus mir heraussaugen. Sie ist sehr schlank, einen Busen hat sie so gut wie keinen. Diesbezüglich ist ihr Mama voraus. Andererseits glaube ich, sie will gar keinen. Sie versteckt nicht, dass sie keinen hat. Wenn sie zuhört, und der Grund, warum ich so viel geredet habe, ist, weil ich immer wieder sehen wollte, wie sie zuhört, dann legt sie den Kopf ein wenig schief, die Augen werden schmale Schlitze, die Mundwinkel ziehen sich ein wenig nach unten, es sieht aus, als leide sie, aber als leide sie gern. Und dann fragt sie gleich etwas, oft mitten in Papas Kommentar hinein. Sie fragt, damit ich antworte. Sie hört mich gern sprechen. Ich vermute deshalb, weil ihr gefällt, wie gern ich ihr beim Zuhören zusehe. Ich rede mit vollem Mund, ich habe Hunger, und es ist wahr, nirgends kann man so frei frühstücken wie in Autobahnraststätten. Ananasstücke, Mangospalten, Müsli mit Nüssen, Rosinen und Kokosraspeln, Lachsbrötchen, arme Ritter mit Ahornsirup und knusprigen Speckseiten, Laugenstängel mit Chilimarmelade. Nicht einmal im Hotel *Imperial* kriegst du das. Aber auf ihrem Teller ist nichts angerührt worden. Meiner ist leer geputzt.

Ich sage: »Danke, Papa, das war ein schönes Geburtstagsgeschenk, ich glaube sogar, es war das schönste überhaupt jemals.«

Ob ich das wirklich glaube, fragt er.

»Ja, Harald«, sage ich.

Da holt er meinen Kopf zu sich herüber und drückt ihn an seinen.

Sie sagt: »Ich würde dir auch gern etwas schenken, Frank.«

»Das nächste Mal«, sagt Papa.

Ich sage: »Ich hätte einen Wunsch.«

»Was denn?«

»Dass ich mit deinem Auto eine Runde auf dem Parkplatz fahren darf. Ich kann fahren. Es ist mir beigebracht worden.«

»Von Mamas Freund?«, fragt Papa. Er fragt das nur, weil er meint, jeder andere in seiner Situation würde das auch fragen. Interessieren tut es ihn nicht. Recht hat er. Gleich nach dem Interessieren kommt das Neidischsein. Worauf sollte er neidisch sein?

»Ja«, sage ich, »von Robert.«

»Robert«, sagt Papa, und es interessiert ihn genauso wenig.

Wir haben uns darauf geeinigt, dass Papa erst mit uns in die hinterste Ecke des Parkplatzes fährt, wo uns keiner sieht. Und dass er dort auf uns wartet. Ich wollte nämlich nicht, dass er dabei ist. Und sie wollte es auch nicht. Das hat ihn gekränkt, das konnte ich sehen, und sie hat es auch gesehen. Aber er konnte nichts dagegen tun oder sagen. Sonst wäre er kein Löwe mehr gewesen.

Ich setzte mich ans Steuer, und wir fuhren los.

6

Sie heißt Alexandra und will, dass ich Lexi zu ihr sage. Mein Vater sagt es auch. Ich finde, das passt perfekt zu ihrem Outfit. Auch zu der Art, wie sie zuhört und wie sie redet. Ich schalte nicht weiter als in den zweiten Gang. Ich fahre hinüber zur anderen Seite des Rastplatzes, langsam, und weiter bis zur hintersten Ecke. Dort bleibe ich stehen. Den Motor lasse ich laufen.

»He!«, sagt sie. »Was?«

»Du brauchst dir nichts zu denken«, sage ich.

»Ich denke mir gern etwas.«

»Und was?«

»Was denkst du denn, dass ich denke?«

»Ich weiß es nicht.«

»Was soll ich denn denken, deiner Meinung nach?«

»Wenn ich ganz ehrlich bin«, sage ich.

»Ja?«, sagt sie

»Es interessiert mich nicht, was du denkst.«

»Du bist grob«, sagt sie. »Sehr grob sogar. Ich war nur freundlich zu dir.«

»Das ist wahr.«

»Und warum bist du so? Weil jetzt dein Vater nicht da ist?«

»Ich will, dass du aussteigst«, sage ich.

»Spinnst du!«

»Steig aus!«

»Und was dann?«

»Dann fahr ich weg.«

»Was heißt, dann fährst du weg? Willst du allein eine Runde fahren, oder was?«

»Ich will dein Auto«, sage ich, und sie sagt noch einmal: »Spinnst du!«

»Du brauchst keine Angst vor mir zu haben«, sage ich.

»Hab ich aber, wenn du so mit mir redest. Du machst doch einen Witz, oder? Es ist aber ein blöder Witz.«

»Eigentlich nicht. Ich mache keinen Witz.«

»Und was heißt eigentlich nicht?«

»Ich tu dir nichts. Schau nicht so. Ich möchte nur, dass du aussteigst. Du steigst aus, und ich fahr weg. Das ist alles. Sonst ist nichts.«

»Das werde ich ganz sicher nicht. Ich fasse es nicht!«

»Bitte«, sage ich, »bitte, tu's!«

»Und du fährst weg, einfach weg?«

»Ja.«

»Und wohin fährst du, wenn man fragen darf?«

»Das weiß ich noch nicht.«

»Aber mit meinem Auto fährst du weg. Mit meinem Auto.«

»Ja. Ich denke schon.«

»Ich werde jetzt gleich einen Höllenlärm machen«, sagt sie. »Glaubst du wirklich, ich gebe dir einfach so mein Auto? Was denkst du, was der wert ist? Du machst den ja hin, du kannst ja gar nicht fahren. Und so einen wie den schon gar nicht. Was denkst du, was das für einer ist? Wie viel PS der hat?«

Ich nehme die Pistole aus meiner Jackentasche und entsichere sie. Ich finde, es sieht komisch aus, was ich da tue, aber ich tu's.

»Steig jetzt aus!«, sage ich, schon zum dritten Mal oder so.

»Ich muss gleich kotzen«, sagt sie nur. Aber sie muss nicht, und sie steigt nicht aus. Sie zittert.

»Du brauchst nicht zu zittern«, sage ich. »Aber ich verstehe, dass du zitterst.«

Ich drücke den kurzen Lauf der Pistole gegen ihre Stirn. Die Schläfe wäre mir lieber, dann könnte ich ihr in die Augen schauen, so ist meine Hand im Weg. Aber ich hätte den Arm krumm machen müssen, und das hätte wieder nur komisch ausgesehen, noch komischer sogar.

»Bitte nicht«, jammert sie jetzt. »Ich kenne deinen Vater ja kaum. Ich habe gar nichts damit zu tun. Ich weiß nicht, was du da abziehst, und ich will es nicht wissen. Ich habe nichts damit zu tun.«

»Womit hast du nichts zu tun?«

»Ich weiß es nicht. Ich weiß es ja nicht! Sag du es mir. Steig doch du aus, und ich fahr weg, dann kannst du es ganz allein mit ihm ausmachen. Und ich bin einfach weg.«

»Mein Vater interessiert mich nicht«, sage ich. »Ich habe genauso nichts mit ihm zu tun. Nicht mehr als du.«

»Warum tust du das, Frank?«, fragt sie.

Darüber muss ich lange nachdenken. Ich muss wirklich lange nachdenken.

Ich sage: »Ich bin so.«

Sie weint nicht, aber sie schluchzt, und das ist echt. »Was meinst du damit?«, fragt sie.

»Es ist so. Dann ist es so. Eines nach dem anderen«, sage ich.

Die Pistole halte ich ihr immer noch an die Stirn. Ich will es eigentlich nicht, ich will sie wieder einstecken, aber ich weiß nicht, wie ich die richtige Bewegung machen soll, so dass es nicht dumm aussieht oder noch gefährlicher, als wenn ich sie ihr still an die Stirn halte. Also lasse ich alles, wie es ist. Ewig kann es ja nicht weitergehen.

»Lexi?«, sage ich.

»Ja, Frank?«

Noch einmal sage ich: »Lexi.«

»Bitte, Frank! Lass mich. Tu mir nichts.«

Ich weiß einfach nicht, was ich sagen soll. Ich will etwas sagen, aber ich weiß nicht, was. Wenn man nicht weiß, was man sagen soll, sagt man gern einen dummen Blödsinn, und dann besteht man darauf. Fast hätte ich nämlich gesagt, komm mit mir. Es wäre wie in einem Film gewesen. Es hätte irgendwie gepasst. Auch irgendwie logisch wäre es gewesen. Ich will aber nicht, dass sie mitkommt. Wirklich nicht.

Sie hat die Frage in meinem Gesicht gesehen.

»Willst du, dass ich mit dir mitkomme, Frank?«

Ich richte die Pistole auf die Windschutzscheibe und drücke ab. Der Knall ist nicht laut. Ich habe mit mehr gerechnet. In der Scheibe ist ein kleines, unscheinbares Loch, ein bisschen umrahmt wie eine Verzierung. Keine Splitter. Sie reißt die Tür auf und rollt sich auf den Boden. Das sieht nun wirklich sehr lächerlich aus. Ich greife hinüber, ziehe die Tür zu und trete aufs Gas. Im Rückspiegel sehe ich sie am Boden liegen. Ich habe ihr nichts getan. Etwas anderes wird sie nicht behaupten können. Auf meinen Vater achte ich nicht.

7

Ich fahre nicht schnell. Halte mich rechts. Aber ich fahre auch nicht langsamer als die vor mir und die hinter mir. Unter der Sonnenblende steckt eine dunkle Brille. Ich setze sie auf. Den Kragen meiner Jacke stelle ich hoch. Damit man nicht sieht, was für einer am Steuer sitzt. Ich sehe zudem jünger aus, als ich bin. Inzwischen weiß ich, was ich vorhabe. Jedenfalls bis zur Hälfte weiß ich es. Nach einer Dreiviertelstunde kommt das Schild *Raststätte Lindach Nord*. Ich blinke und schalte zurück und biege in die Auffahrt ein. Hier ist mehr los. Mehr Lkw. Schon von weitem sehe ich hinten am Waldrand den roten kleinen Wagen stehen, den Opa geklaut hat. Niemandem ist der aufgefallen. Bei dem alten Stück hat sich jemand vielleicht gedacht, den hat hier einer einfach loswerden wollen, was geht das mich an. Und ein Nächster hat sich das auch gedacht. Und ein Dritter das Gleiche. Ich stelle den gelben Audi neben ihn. Den Schlüssel lasse ich stecken. Die Tür schließe ich. Dann trete ich in den Wald. Und bin davon.